ベリーズ文庫

熱情を秘めた心臓外科医は
引き裂かれた許嫁を激愛で取り戻す

立花実咲

JN229608

STARTS
スターツ出版株式会社

目次

熱情を秘めた心臓外科医は
引き裂かれた許嫁を激愛で取り戻す

プロローグ　～仮初の婚約者～

『仮初の婚約者になってくれないか』

かつて許嫁だった彼とは、数年前に祖父の事業が倒産したことをきっかけに破談になったはずだった。

私が通う病院に心臓外科医としてやってきた彼は、私の主治医になった。

あの頃と変わらずやさしく対応してくれる彼に、私は昔抱いていた彼への淡い感情がどんなものだったかを思い出していた。やがて、彼に惹かれていき、当時からもう彼に恋をしていたのだと気付かされた。

一方、彼は私をひとりの担当患者として診ているだけで一度だって好意を見せたことはなかった。

かつて許嫁だった、ひとりの御曹司と令嬢……だが今はただの、ひとりの医師と、ひとりの患者でしかない。

それでもいいからそっと好きでいさせてほしいと願っていた。やがて定期健診の日は彼に会える唯一の楽しみに変わっていた。

けれど。

ある日、彼の新しい縁談話を病院の看護師たちの噂話で知ってから、考えが変わった。

いつまでも好きでいてはいけないのだ、と。

だから、私は彼の傍を離れようと転院を決意した。

それなのに。

転院したいと告げた直後から、彼の態度が変わった。

病院の外でカフェに誘われ、そのうち彼はこんなことを言い出したのだ。

『仮初の婚約者になってくれないか』

私は彼からの提案に困惑し、普段彼が丁寧に診てくれていた心臓はどうしようもないほど戸惑いの音を刻んでいた。

彼はどんな気持ちで私にそんなことを頼んだのだろうか。

悩む時間は与えられず、それから程なくして彼からの溺愛攻撃がはじまる。

『俺たちには婚約した恋人らしく……親密に見える雰囲気が必要だ』

仮初の関係だというのに甘い言葉を囁かれ、偽りの関係だというのに本物みたいに愛されて。

『もっと俺を意識して』

仮初の関係だというのに甘い言葉を囁かれ、

『俺を愛しているっていう目で見てくれないか』

そんなふうに熱く迫られて。

『君は、俺だけのものだ。悪いが、他の誰にも渡さない』

独占欲を向けられた。

そうして私は彼に翻弄されるだけされて——この恋の着地点がどこにあるのか、まだ見つけられていない。

あなたのことが本当はずっと好きだったのだと言いたくても言えなくて。

もういっそ有名な童話の人魚姫のように、真実は何も言わずに泡になって消えようと思っていた、そのはずだったのに。

数奇な運命に弄ばれるように再会したふたりは一体どこにたどり着こうとしているのだろう。

いつか、あなたに伝えてもいいのだろうか。

私はずっと、あなたのことが好きでした——愛しています、と。

この胸を騒がせるのは、あなたへの恋わずらい

（こんな感じでいいかな……）

出かける前に鏡の前でもう一度自分の髪型や服装をチェックする。

前開きの水色のワンピースを左右に振ると、膝下でふわりとマーメイド型の裾が広がった。待合室は冷えるかもしれないので、一応、かぎ編みの白いサマーカーディガンをショルダーバッグに忍ばせている。

胸元までゆるくウエーブのかかった髪とその服装の見た目はさながら人魚姫のような雰囲気で自分でも気にいっている。カーディガンは、羽織れば白い貝殻のようなイメージになるだろう。

玄関に出ると、転ばないようにヒールの低い珊瑚色のサンダルに足を通してから、つま先のオパール柄のネイルが剥がれていないかを確認した。

今から向かうところはお洒落をする必要のない場所だから、最低限の身だしなみに気をつければいいだけなのだが、今から会う〝彼〟のことを思い浮かべると、適当に済ませるわけにはいかなかった。

(おかしなところはないはず……)

久遠架純《くおんかすみ》は〝彼〟を意識した途端、とくりと脈を打った胸のあたりにそっと手をやった。

「架純お嬢様、こちらを忘れていましたよ」

架純の自宅で家政婦をしている町田《まちだ》ユズが、リビングの方から慌てて追いかけてく
る。

町田は、架純が十代の頃から傍にいるので、かれこれもう十年以上の付き合いにな
る。他界した架純の両親に代わって、家のことはもちろん架純のことを誰より気にか
けてくれている頼もしい人物だ。

町田はA5サイズの布地のファイリングケースを架純に渡してくれた。その中には
診察券、予約票、お薬手帳……などが収納されている。いつも大事なものだから最初
にバッグに入れるはずなのに、着替えに気をとられてうっかりしていた。

「ありがとう。一度戻ってこなくちゃいけなくなるところだったわ」

「タクシーを手配しなくて本当によろしいんですか?」

「ええ。今日はとっても天気がいいし、運動不足だから少しくらい歩かないと先生に
言われちゃう」

架純は肩を竦めつつ、最後に日よけ用のつばの広い帽子を被った。フリルのついたデザインと可憐なレースがお気にいりで、架純が出かけるときにいつも被っているものだ。

「では、くれぐれもお気をつけて行ってらっしゃいませ」

「行ってきます」

初夏の爽やかな風が心地よい。今日は燦々と陽の光が降り注いでいる見事な五月晴れだ。年々気温が高まっていて梅雨入り前から夏日になることが多くなった。そのうち人魚姫や海をイメージするような本物の夏もあっというまにやってくることだろう。

駅までは徒歩で十分くらいの距離だが、これだけ陽射しが強いと、普段あまり外に出ることのない架純の白い肌は一瞬で赤くなってしまいそうだ。

さすがに帽子だけでは頼りなく感じた架純は、バッグに忍ばせていた日傘を広げ、なるべく日陰を通って移動することにした。

ふと、歩いているうちに傘の受骨部分の芯が弱っていることに気付く。よく見れば天を覆う生地も全体的にへたってしまっている。近々新しくする必要があるかもしれない。

それから電車に乗ってふたつ先の駅で降りると、改札口を出てすぐに大きな白い塔のような建物が見えてくる。そこが今日の目的地。架純の通院先である十和田総合《とわだそうごう》病院《びょういん》だ。

病院の玄関に向かう途中、駅前のバス停に並んでいた親子の傍を通りかかった。小学校高学年くらいの女の子だ。その腕に点滴の痕を見つけた架純は、不意に自分の小さな頃のことを思い出していた。

（私の心臓病が見つかったのは、あの子くらいのときだったのよね……）

架純の病気は主に心臓弁膜の開閉がうまくいかずに逆流したり血液の循環不良に陥ったりするというものだ。合併症状が出ないように、活動制限と段階的な手術が必要とされている。

架純は過去にその疾病に由来した、速い脈と遅い脈が交互に現れる症状に見舞われてしまい、血栓症を引き起こす心房細動の発作を起こした。そのときに一度、心臓の手術を経験している。予後は良好であり一応は普通の生活はできているものの病自体は完治したわけではない。

架純はその心臓病の定期健診を受けるために、ここ十和田総合病院にやってきたのだ。

事前に予約をとっていた架純は、外来玄関を通ったあと総合受付には立ち寄らず、外来受付機で受診票を発券する。その受診票を備え付けのクリアファイルに入れると、エレベーターに乗って二階にある心臓外科の外来受付窓口へと向かった。

その途中、白衣を着て問診に出かける医師や手術後にオペ着で移動する医師、患者に寄り添って説明をしている看護師たちとすれ違う。

そんな見慣れた光景を横目に、架純は受診票を専門外来の窓口に提出してから、ようやく待合のソファに座って一段落した。

額に浮かんだ汗を軽くハンカチで押さえ、バッグに忍ばせていた水筒で喉を潤していると、看護師が先ほど提出したファイルを持ってきて架純に渡してくれる。

「久遠さん、こちらの番号でお呼びしますので、診察室の前でお待ちください」

「はい」

看護師からファイルを受け取ったとき、112番と記載された番号の下にある【高辻理人《たかつじりひと》】という医師の名前を確認し、心臓が跳ねた。そればかりか〝彼〟の顔を鮮明に思い浮かべてしまい、胃のあたりがきゅっと締めつけられるような気がした。

これは決して患っている病から発症する不調などではなく〝彼〟のせいだ。会えると思うと鼓動が速くなってしまうし、落ち着かなくちゃ、と思えば思うほど、息が苦しくなってしまう。

だんだんと架純はその場にいられなくなってきてしまい、一旦、平常心を取り戻そうとお手洗いに行くため立ち上がった。

お手洗いを済ませたその帰りに、病棟に繋がるナースステーションで看護師たちがひそひそと噂をしている声が聞こえてきた。何の気なしに架純はその声を拾ってしまう。

「ねえ、高辻先生……が……」

「え、そうなの？」

「院長との話……聞こえちゃって」

「その縁談……の話は前から出ていたみたいよ」

架純はいつの間にか聞き耳を立ててしまっていた。そして縁談という話題に足を止め、架純は思わず息を呑んだ。

「どんな方なんでしょう」

「ふたつくらい年下……とか」

（……え？）

架純はショックを受けてその場で立ち竦む。

すると、看護師たちが架純に気付いて慌てたように腕を突き合って口を噤んだ。

架純と看護師たちの間に気まずい空気が漂う。

彼女たちは入院していたときにお世話になったことがあるベテランの看護師たちだった。

彼女たちが笑顔を向けてくれたので、架純もまた微笑み返すと、小さく頭を下げ、外来の待合へと急いだ。

（今の話は……何？）

落ち着くためにお手洗いに行ってきたはずが、来たときよりも鼓動が速い。

（縁談……）

その言葉がぐるぐると脳内を回っていた。だんだんと眩暈《めまい》までしてきてしまいそうになる。

その間にも外来診察の看護師から血圧と体温を先に測らせてほしいと言われ、架純は上の空のまま応じていた。

（今から検査なんだし、余計なことは考えないようにしなくちゃ……）

そうだ。動揺していたら検査に悪影響を及ぼしかねない。架純はかぶりを振ってモヤついた思考を頭から一旦追い出した。

それから待合の人々が次々に呼ばれては帰っていくのを見送る。しばらくするとようやく順番が表示され、架純は診察室の扉をノックした上で入っていく。

デスク前のパソコンに表示されたカルテを診ていた医師がすぐにこちらへと振り向いた。

「お待たせしてすみません。久遠さん、こんにちは」

額に軽くかかるくらいの艶やかな黒髪。その下には意思の強そうな形のいい眉、切れ長の二重の双眸、整った鼻梁と、甘さを感じさせる唇……その美しい精悍な顔立ちにうっかり見惚れてしまいそうになる。架純からすれば、彼がまとう白衣はさながら王子様のようにも見えてしまう。

「は、はい。高辻先生、こんにちは」

慌てて返事をした架純に、彼はやさしく微笑みかけてくる。

「最近の様子はどうかな?」

「特に変わりはないです」

「ん、少し頬に赤みがあるようだが……」

そう言って彼は怪訝な表情で眉を寄せると、架純の顔の様子を診る。あまりじっくり見られるのは正直困った。

「えっと、散歩をしようと歩いてきたので、急に陽にあたりすぎてしまったのかもしれません。帽子や日傘は持っていたのですけれど……」

架純は落ち着かなくなり自分の手で額にかかる髪をさらりととかした。

「そう。負担にならない程度の散歩なら構わないが、気温が高いときには無理をしないことだ。いいね」

「……はい。高辻先生」

架純が素直に頷くと、医師はふわりとやわらかに微笑んだ。その表情もまた心臓に悪すぎることなんて彼にはわからないだろう。

「さて、基礎健康診断の結果それから事前測定の血圧と体温は問題なし。じゃあ、いつも通りに、心電図のチェックと超音波の検査をしようか。先に心電図からやろう」

医師が看護師の方を仰ぎ見る。

「これから準備いたします。では、久遠さん、お隣の処置室にお願いしますね」

「はい」

架純は椅子から立ち上がって一旦医師に頭を下げると、隣の処置室へと移動した。

去り際にちらりと医師の方を盗み見ると、彼は真剣な表情でカルテに記入をしていた。

それすらも絵になる美しさがあった。

処置室に移って一時的にでも彼から離れられたことで、架純は少しだけ安堵する。

けれど、もっと彼を見ていたいという矛盾した気持ちも同時に浮上していた。

(平常心……)

架純は目を瞑って何度も唱えた。

心電図をとるために寝台の上に寝て前開きのワンピースのボタンを開く。

看護師が準備してくれた冷たいジェルパッドがあちこちに当てられていくのを感じながら、架純は深呼吸を繰り返した。

「――次は先生にエコーを診てもらいますので、着替えてお待ちください」

看護師の言葉にハッとして架純は印字されていく心電図の波形を目で追った。

エコーの時間は少しだけ苦手だった。十代の頃の手術の傷跡が胸に残っているからだ。無論エコーを診るときは上からカバーをかけるので患者の肌がむやみに晒されることはない。それでもエコーの機械があてられるときにはつい身構えてしまうのだ。

医師がこちらへやってきた気配があった。

「久遠さん、検査中は目を瞑っていても構いません。力を抜いてリラックスしてくださいね」

「……はい」

サポートにつく看護師に声をかけられ、架純は超音波検査用のベッドに横たわった。

架純はなるべく彼を意識しないように目を瞑りながら別のことを考える。今日の夕食のメニューは何だろうと考えてみたり架純が在宅で請け負っている翻訳の英文を思い浮かべてみたり。その間にも胸にあてられる感触に気をとられ、真剣な表情でモニターを確認している彼のことを見てしまっていた。

ふと視線が交わってドキリとする。顔色を確認しただけのようですぐに逸らされたが、おかげで鼓動が一段と速くなってしまう。へんに心配させてしまわないだろうかと不安になった。

「普段、不整脈は出ていませんか？　息苦しさが強くなったりしていませんか？　誰か近くにいる方に指摘されたことは？」

「……ないです。大丈夫です」

医師はモニターと架純の様子を確認しつつ検査を進めていく。

「壁の厚さ、動き、前回と変わりないですね。特別な異常は見られません。エコーはこれで終わります」

架純はホッと胸を撫で下ろした。

変わりないということは現状維持であること。

架純の病は体調が急に悪くなることもあるけれど、予後が比較的よいケース。中学生の頃から二十六歳になった今まで二度目の発作は起きていない。しかし十年を節目に大人になったら再手術を検討することが必要だとも言われている。今も体調は落ち着いている方だが、医師の勧めもあって架純は定期健診を月に一度受けるようにしていた。

「次の定期健診は一ヶ月後ですが、何か気になることがあればいつでもご相談ください」

診察室に戻ったあと、医師がそう言って微笑む。

架純にしてみれば、月一ではなくできたら週一で通えたらいいのにと思う。それは病気が心配だからというよりも、彼に逢いたいからだった。

「あの、高辻先生は、変わりないですか?」

お大事にと、看護師から診察室から追い出されてしまう前に、架純はとっさに彼に問いかけた。

少し意表を突かれた顔をする彼に、申し訳ない気持ちになる。

看護師が次の患者の準備をするのに離れたあと、彼は少しだけ医師の顔を崩した。

「ああ、変わりないよ。君が元気そうで安心した」

にこやかに医師が言う。

「よかった」

架純もつられたように微笑んだ。

「君の方は、自宅での翻訳の仕事は順調？」

「はい。調べものをするのに大変な部分はありますけれど、色々と勉強になることが多いですし、自分の生き甲斐になっています」

「生き甲斐か。それはいいことだな」

「はい」

笑顔を交わし合える時間が尊い。

もっと話をしていたい。普段、先生は何をしていますか。医師としての顔だけじゃない今の彼のことがもっと知りたい。

けれど、時間がそれを許してはくれなかった。急かすように看護師が戻ってきたからだ。

会話といえるほどの時間なんてものの数分もなかったように思う。それがとても残念でならない。

「それじゃあ、くれぐれもお大事に」

「あ、ありがとうございました。また、来月よろしくお願いします」

架純が丁寧に頭を下げると、医師は朗らかな笑顔で見送ってくれた。その麗しく清々しい笑顔を目に焼きつけながら、架純は診察室を出て待合室へと戻っていく。

（理人さん……）

思わず胸の中で彼の名を唱えると、鼓動が呼応するように跳ねた。

――医師の彼、高辻理人と出会ったのは実はもうずっと幼いときだった。

ふたりは両家の祖父同士の繋がりで、当たり前のように許嫁として紹介された仲だった。六つも年が離れているけれど、大人になればそのくらいの年齢差はよくあることだと。

それでも十代の頃から彼は落ち着いており、ただ傍らに佇むだけで静謐な空気に包まれていて、架純から見たらずっと大人に見えた。

彼と知り合ってからしばらくは、憧れのお兄さんができたような気持ちでいた。それから年に数回、顔を合わせる機会があった。一般的な交際とは違ったけれど、成人するまで保護者の監視下に置かれるのは普通のことだ。

そんな日々の中で、架純は十五歳の頃に心臓発作を起こした。幼い頃の健康診断で心臓が弱いことは指摘されていたが、それが生まれて初めての大きな発作だった。

通っていた大学付属中等学園からの帰り道に倒れてすぐ救急車で運ばれた。

物心ついた頃には両親は既に他界しており、架純の保護者は祖父ひとりだった。しかし仕事で離れた場所にいた祖父はすぐに駆けつけられず、代わりに近くの医大に通っていた彼が付き添ってくれた。

祖父が遅れて到着したそのとき、架純は自分が心臓の弁膜に関わる疾病を抱えていることを知った。

最初に見つかったのは小学校高学年の頃だったそうだ。今すぐ命に関わることではないが、今後のためには手術をしなければならない。そのことを、祖父は架純に打ち明けようとしていたところだったのだという。

理人はひょっとしたら先にその件を祖父たちから聞いて知っていたのかもしれない。祖父がその話題に触れたとき、手を握ってくれていた理人は、一瞬だけ身じろぎをした。架純と目が合ってすぐ理人の視線が落ちる。

そのとき、架純の中に一抹の不安がよぎった。もしかしたら心臓の弱い、いつ死ぬかもわからない婚約者なんて要らないと、彼に婚約破棄されてしまうのではないだろうかと。

けれどそれは杞憂に終わり、心臓の手術が終わる頃には架純は十六歳になっていた。

幸い予後は良好で、架純が十八歳、理人が二十四歳のときに、正式に婚約の話が進んだ。

そのまま架純が成人式を済ませ、彼が医大を卒業し、落ち着く頃にふたりは結婚――するはずだった。

ところが、直後に祖父の会社が倒産した。新しい事業への投資に失敗したことで莫大な負債を抱えたのだ。

そこから架純を取り巻く環境は一変する。その失敗は、祖父同士の繋がりからはじまった両家の関係にまで波及した。その後、祖父が亡くなったことで両家の交流は完全に途絶え、架純が二十二歳、理人が二十八歳のときにふたりの婚約はあえなく破談となったのだった。

あれは梅雨の日だった。しとしとと降り注ぐ雨の日に、架純は処分されていく祖父の家を外から眺めていた。

人と人との結びつきはこんなに脆く、あっけないものなのかと、庭の先で季節が終わった花が萎れているのを、傘も差さずに見ていた。

そんな架純に、さっと傘を差してくれた人がいた。理人だった。彼も気になって見に来ていたのかもしれない。

理人はいたたまれないような表情を浮かべたあと、架純を励ますように言った。

『これから先、君に何か困ったことがあれば、きっと力になる』

彼はいつもやさしかったけれど、女性として見てもらえていると感じたことは一度もなかった。どちらかというと年の離れた妹のように接されていた。わかってはいたけれど、やっぱり理人は架純に対して好意があったわけではなく、祖父同士の決めた許嫁としてしか見ていなかったのだろう。

とっくにわかっていたことなのに、それでも悲しかった。自分から連絡をする勇気もなく、ただただ胸の内の淡い想いを持て余す日々が続いた。このままずっと会わずにいれば、この想いもいつかきっとなくなる。そう、願って――。

しかしそれから三年後、なんの因果か、理人は心臓専門の外科医となり、大学病院を辞めて架純の通っている十和田総合病院に勤めはじめた。離れている間に彼は難しい手術の経験を積んできたようで、彼にしかできないオペがあると言われるほどの腕前があるらしいと噂で聞いた。それから程なくして心臓外科に通院していた架純の主治医となったのだった。

運命の再会というのはあまりにも皮肉だった。しかし破談になったことを気にする架純に、理人は「婚約破談のことと、医者としての責任は別ものだ」と言い、架純にやさしく親身に接してくれた。そのときから、架純の胸の中にあった淡い想いが再び彩りはじめていったのだった。

――現在、架純は二十六歳。理人は三十二歳。お互いにだいぶ大人になって年を重ねた。彼とはかれこれ二年ほど主治医と患者という関係が続いている。病を患う架純はさておき、彼の方はもうとっくに誰かと結婚していてもおかしくない年齢だ。見目も麗しく優秀な医師である彼のことを放っておく女性はいないだろう。それでも未だに独りでいることに架純は安堵していた。

架純は理人と再会してから、皮肉にも過去の彼に対してだけではなく今の彼に対しても惹かれるものを感じ、いつの間にか彼に恋をしていたのだ。とすれば、やはりかつて彼に向けていた信頼や淡い想いは初恋と呼べるものだったのかもしれない。

そして今……病院通いを続けるうちに、定期健診を受けるというよりは、すっかり理人に会う楽しみの方が優先になっていて、恋心がどんどん深みにはまっていくのを感じていた。

彼にとって架純の存在はただ祖父たちが決めた元婚約者に過ぎない。思い切って気持ちを打ち明けてはっきり断られるのが怖い。

（……ならいっそ、この再会を喜んで心に秘めているだけでいい）

そう思っていたのだけれど。

不意に、看護師たちの噂話が脳裏に蘇ってくる。

『その縁談……の話は前から出ていたみたいよ』

『どんな方なんでしょう』

『ふたつくらい年下……とか』

わかっていたことだ。架純が知らないだけで彼は誰かと付き合っていたかもしれないということも、彼がいつかは他の誰かのものになってしまうことも。

長い片思いはまもなく終わってしまうのかもしれない。いっそもっと早く終わらせるべきだったのかもしれない。結ばれる運命にはないふたりであることなんて自分が一番よくわかっていたはずなのに。

「……はぁ」

診察室から出たあとの待合室にはポツポツとしか人は残っていなかった。架純で午前中の外来では最後の診察だったらしい。平常心を取り繕おうと気を張っていた架純はすっかり脱力してしまい、よろめくようにソファに座り込んだ。

喉の渇きを覚えて水筒の水で少し潤す。そのとき蓋を閉める手に力が入らずに震えていることに気付いた。

そういえば、呼吸が乱れている気がする。息がしにくくなっている気がして思わず胸のあたりを押さえた。やがて痛みがちくちくと神経に沿って這い上がってくるのを感じた。

（だめ。深呼吸をしなくちゃ……）

ごくたまに手術のあとの幻痛がこうして現れるときがある。それが引き金になってパニック発作の過呼吸が起こることは、もう自分でわかっていた。

（これは心臓の方の発作ではないから、大丈夫よ、大丈夫……落ち着いて）

「架純？」

呼ばれて架純は顔を上げた。血の気が引いて霞んだ視界に飛び込んできたのは、白衣を着た理人の姿だった。

「平気……です。疲れからくる過呼吸の方だと思うので、心配しないでください」

そう。ひょっとしたらこのまま死ぬのではないかという気持ちになる。それがなおさら脳の混乱を招くが、実際は死ぬわけではない。パニック発作はそういうものだと自分で何度も経験してきた上で対処する方法を心得ている。

何も考えないように目を瞑って、浅くなった呼吸をゆっくりと腹式呼吸で整え、それから三十分くらい経過すればやがてゆっくりと嵐が過ぎ去っていくのだ。

しかし今日はいつもよりも治まっていくのが早いみたいだった。大きなパニック発作の予兆がくる前に、理人の姿が見えたからだろうか。それが抑止力になったのかもしれない。

「……少しでもいつもと違うと感じたらすぐに連絡を入れてほしい」

「……はい。今回は大丈夫だと思います」

理人が隣に座っておもむろに架純の手を握る。速くなっていた脈と、冷えた手の震えが落ち着いたのを確認したらしい。

「もう少し落ち着いたら、家まで送っていこう」

まさか理人からそんな提案があるとは思わず、架純は驚く。

「え、でも……」

「診察が終わって出たところだったんだ。ちょうど今日はこのあと病院を一旦抜けて家に戻る予定だ。そのついでだから、君は何も気にしないでいい」

そう言うやいなや理人は架純の手荷物を持ってしまった。

「ゆっくりでいい。立てるかな？」

「……は、はい。先生、ありがとうございます」

架純は慌てて立ち上がる。

今の理人の様子なら、架純の肩を抱き寄せるくらいしてしまいかねない。

会計窓口へと移動する途中、病棟に繋がるナースステーションの方から視線を感じた。

きっと特別扱いされている架純のことが気になったのだろう。ひょっとして恋人ではないのか、と。

(違うわ。理人さんは、心配性の先生……やさしいだけよ)

心の中で架純は弁解する。それが自分を追い詰める諸刃の剣になったとしても。

(だって、他の人と、縁談の話があるんでしょう?)

理人と架純が昔なじみであることは長く勤めている看護師は知っているが、新しく来たばかりの看護師は知らないのかもしれない。

架純が検査入院をしたときにも、よくあんなふうに視線を感じたことがあったし、噂をされていたものだ。

『昔なじみっていうんですか。本当かは知りませんが、元婚約者なんだとか』

『先生はやさしいから放っておけないんじゃないですか』

『こういったら何ですけれど……なかなかお相手としては難しいですもんね』

看護師は伏せながら話をしているから誰のことかは言っていない。けれど、架純と理人のことであることは当事者の架純にはすぐにわかった。

（そう。私は元婚約者というだけ。そして、理人さんの妻に相応しくない）

たとえ結婚できたところで、心臓に負荷をかけることになる妊娠や出産には制限が加わることだってあるのだ。

じりっと胸に焼けるような痛みが走った。それは架純が抱えている病のひとつ。心臓とは別のところにある、恋わずらいというもの。

架純は再び、理人の新しい縁談の話を思い出していた。

院長から持ち掛けられた縁談ということなら、縁談相手がこの病院に顔を見せることもあるのだろうか。

そのときに遭遇した自分がどうなってしまうか、想像したくもなかった。

「あの、先生。私、もう大丈夫です。タクシーで帰ります」

架純は会計を済ませると、待っていてくれた理人にそう声をかけた。突然そう言い出した架純に彼が驚いた顔をする。

「本当に大丈夫？　遠慮なんて要らないんだよ」

案じてくれる理人の顔がうまく見られなかった。

あんなに会いたかったのに。もっと傍にいたいと考えていたのに。今は離れてしまいたいと思っている、矛盾だらけの自分の我儘がいやになる。

虚しくなって、じわりと目に薄い膜が張った気がして慌てて取り繕う。

「きっと先生に送ってもらったら、お手伝いさんのことも心配させてしまうし、散歩はもうしたらだめって言われるかもしれないし……」

架純はあえて冗談っぽく困った顔をした。それで理人は折れてくれた。

「そっか、君の方の事情も知らずにすまない」

理人のやさしさを勘違いしてしまわないように、架純は自分を戒めながら笑顔を返した。

「ありがとうございます。私が元気でいられるのは、心配性の先生のおかげですね」

それだけ告げて頭を下げると、タクシー乗り場の方へ向かった。

すぐに一台のタクシーのドアが開く。乗り込んだ架純はガラス越しに見えた彼に手を振った。

彼は微笑を浮かべつつ手を上げて応じてくれた。

(……先生、理人さん……)

離れがたくて、うしろ髪引かれる気持ちになってしまうのをぐっと堪える。

一ヶ月、彼には会えないと思うと寂しい。でも、また来月になれば……一ヶ月すれば、また彼に会える。そんなふうに自分で自分を慰めて。

いつまでこんなことを繰り返していたらいいのだろうと虚しくなってしまった。

この気持ちに終わりはくるのだろうか。そうだとしたらそれはいつなのだろう。彼に別の婚約者ができるまで？

＊　＊　＊

『ありがとうございます。私が元気でいられるのは、心配性の先生のおかげですね』

夢現の中、架純の声が聴こえてきた気がした。そのまま彼女の笑顔が光の中へと消えていく。代わりにベッドの傍においてあったスマホが振動を伝えてきた。

病院の仮眠室で、夜勤の前に仮眠をとっていた理人は、目覚めてすぐに着信の主の名前を見てため息をついた。

「……はい」

『夜勤に入ると聞いていたから、この時間なら大丈夫かと思ったんだが』

理人を叩き起こしてきたその相手は、十和田総合病院の十和田院長だった。

「呼ばれれば院長室に伺いましたが。火急の要件ですか？」

『いや、なに。仕事の話じゃないからね。君の気持ちを聞いておきたかっただけさ』

ものを。

――要するに、縁談の話の催促だ。回りくどいことをしないでハッキリ言えばいい
「以前に申し上げたとおり。俺にその気はありませんよ」

『今後、医師としての地位を築くためにも悪い話ではないと思うのだが？』

「俺にとって必要なのはあくまで知識と技術ですから」

『はは。ずいぶんな優等生だ。だが、まだまだ青いね。考えてみるといい。君の選択肢が増えるのだとしたら？』

最先端の技術と共に経験を積むことで拓かれる未来があることは理解できる。医師としての貪欲な願いが腹の底からこみ上げてくる。だが、相手の人生と天秤にかけるものではないという冷静な思考もそこにはあった。

『件の彼女は、君の将来を拘束するには相応しくないんじゃないかね。情けは医師の冷静な判断を狂わせるものだ』

「医師に情けがまったく必要がないとは思いません」

苦笑する相手に、理人はそれでも引かなかった。

『今度、君の家でパーティーがあるだろう。父君、高辻議員主催の』

理人の父は国会議員だ。また理人の兄は議員秘書を務めている。

『私も招待されているんだ。そのときにでも会って話をしよう。それまでに君の気が変わることを願っているよ』

通話はそこで終わった。

理人は改めて父と兄の顔を思い浮かべた。

高辻家は昔から政財界の重鎮を輩出している一家だ。無論、医療業界にも太い繋がりを持っている。そうした恵まれた家柄でありながら地位や権力に固執しない理人は、院長から見れば珍しい方なのかもしれない。しかし、そこで見失ってはいけないものが理人にはあるのだ。

理人は架純のことを思い浮かべた。

彼女に……一時しのぎのオペで命を繋ぎ留めるのではなく、何も懸念することなく生きられる未来を約束したい。

そう願うのは、ただの情けといえるだろうか。それとも、高辻家の祖父に言われるがまま久遠家との縁を切り捨てた贖罪のようなものなのだろうか。

(――だからといって、あの頃の俺に何ができた)

反対を押し切って無一文で放り出されていたら、今頃、医者になれていたか。

後悔して弁解しても今さら仕方ないことだと、理人はため息をつく。

理人だって医師である前にただひとりの男だ。厳しい医療に従事する中でままならない現実に打ちのめされ、人肌の温もりが恋しくなることもある。それでも、時間を費やす部分を誤ってはいけないと戒めてきた。

どうしてそこまでストイックでいるのかと誰かに問われて初めて、理人は架純への想いを巡らせる。

あの日、発作を起こした彼女のことが何度も記憶の隅から掘り起こされる。発作を起こす前、彼女の祖父から心臓の病について聞いていた。婚約者には知る権利があるだろう、と。

そのときはあくまで可能性の話だった。だが、実際に心臓発作が起き、彼女は命の危険に晒された。

そういった命の灯がいつ消えるかもわからない恐怖を、何度も乗り越えなければならない、そんな病を取り除くことができたなら。それが、理人が医者を目指した原点だ。

架純と破談になったあとも、心臓外科医のエキスパートとして道を究めるため、日々研鑽を積んできた。そしてようやく一人前としての腕がついた頃、彼女のいる病院にやってきたのだ。彼女を救いたいという気持ちが、理人の心を突き動かしている。

今も――。

彼女には生きていてほしい。

ただひたすらに守りたいと願うのは、彼女の輝ける花のような笑顔だった。

理人に送ってもらった日の夜は彼のことを考えてぼんやりしていたせいか、家政婦の町田に無理はしないようにと釘を刺されてしまった。

幼い頃から久遠家に勤める町田は、亡くなった架純の両親や祖父に代わって家族のような存在といっても過言ではない。彼女がいてくれるからこそ架純も不自由なく暮らせている。だから、彼女の言うとおりにして心配かけないように心がけることにした。

とりあえず、在宅で請け負っている翻訳の仕事をゆっくり進めよう。

とはいえ、理人のことを考えると、どうしても落ち着かない気持ちになった。

スマホの通知に気付いてチャットアプリを起動すると、桜の模様のアイコンに新着の印がついている。チャット友達ハルからのメッセージだった。

(相談の返事……)

心臓に病を抱え、日常に制限のある架純には、友達を作る機会が今までも少なかった。相談する相手は必然的に顔の知らないチャット友達になっていた。今メッセージをくれたハルとは通信制の大学に通っていたとき受講生用のチャットで知り合い、それから仲良くなって今年で三年の付き合いになる。

もちろんプライバシーには気をつけているし通院していることは告げても心臓病のことは明かしてはいない。ただ、好きな人が医師であることだけは相談する上で説明が必要だった。

面と向かっては言えないことを、ハルには素直に打ち明けられた。そして同じようにハルも言いにくいことをはっきり言葉にしてくれる。顔は見えないし声を聞いたこともない。画像やスタンプや文字のやりとりだけ。でも、それがかえって心地よかった。

そして今回もモヤモヤしていた気持ちを打ち明けたのだ。

【想っているだけで幸せというのは、相手にパートナーがいない間だけだと思う。傍にいて辛いと感じたら、そのときはもう引き際じゃないかな】

ハルの言うことは的を射ていた。

「そのとおり、だよね」

それに身体に不調を及ぼしてしまったら、理人に余計な心配をさせてしまう。今回だって彼のやさしさに甘える形になってしまったのだ。一旦家に戻るのが本当だとしても、彼だってすぐに身体を休めた方がいいに決まっている。あんなふうに彼が前以《まえもっ》て言い添えたのは、架純が気を遣わないようにしてくれただけ。彼の純粋なやさしさがそうしてくれたのだ。

潮時、という言葉が喉元に刺さる。

（転院……した方がいいのかもしれない）

昨日の今日で衝動的にそう考えたわけではない。実は去年あたりからずっと検討していたのだ。ただ昨日の一件が決定打になったのは事実だった。決断したら迷う前に行動した方がいいだろう。

翌週、架純は新たに診察の予約をとった。最近は月に一度の定期健診以外でお世話になることがなかったので、余計な心配をさせていなければいいと、やさしい理人のことを思う。

けれど、転院したいという相談をすれば、どちらにしても理人を驚かせてしまうに違いない。せめて彼を傷つけないようにしたいけれど、下手な言い訳は見透かされてしまいそうな気がする。

（何て切り出したらいいのかな……）

当日の朝まで延々と台詞を考えたが、結局、あたりさわりない内容しか思い浮かばなかった。

【――目を合わせる必要はないよ。喉ぼとけとか襟のあたりに視線を落として、ただ、事実を口にするだけ。それだけでいい。その場しのぎ……って、あんまりいい使われ方はしないけど、生きる上で大事なことだと思うんだ】

チャット友達のハルに相談して返ってきたのはその言葉だった。たしかにハルの言葉は相変らず的を射ているように思う。

「実は、別のところに転院したいと考えています。紹介状をお願いできないでしょうか」

当日、架純はアドバイス通りに理人に告げた。内心は心臓がばくばくと破れそうなほど激しく脈を打っていた。もしも定期検診の日だったら、とんでもなく波形が乱れていたことだろう。

「理由を聞いても構わないかな?」

理人が淡々と尋ねてくる。

架純は耳のあたりまでせり上がってくる鼓動を感じながら、用意してきた言葉を告げた。

「先生は別問題だと以前におっしゃいましたが、元婚約者がいつまでも主治医であるということは、好きな人ができたら……その、やっぱり気にしてしまいますし、新しい恋愛がやりづらいというのが本音です」

一瞬だけ、静かな診察室の中で理人が息を呑んだのが伝わってきた。

架純は膝に置いた手が震えないように指先にぎゅっと力を込めた。

「今までお世話になったのに、身勝手なことを言ってごめんなさい」

何を言われるか構えていた。いつも心配していてくれた彼のことだ。引き留める可能性だってないわけじゃない。

「……いや。たしかに君の言うことはもっともだ」

小さなため息がこぼれてきたのにつられ、架純は思いきり顔を上げそうになった。それをぐっと我慢して膝の上で手を握り続ける。

「紹介状の件はわかりました。通いやすく医療設備が整っていて信頼のおける医師のいる病院をピックアップしましょう。なるべく早くご用意します。二週間程度お待ちください」

いつもよりも硬い声だった。理人は架純と同じだけ事務的にそれだけ伝えてきた。

少しだけ拍子抜けした。もっと追及されるかと思った。

彼の厚意に甘えるだけ甘えてきた上に、事情も話さずに転院したいという架純に失望してしまっただろうか。でもかえってその方が都合がいいかもしれない。いつまでもうしろ髪を引かれるような気持ちでこの病院をあとにするのをやめたい。そう考えたからこそ転院することに決めたのだから。

「……よろしく、お願いします」

架純はそれだけ伝えて深々と頭を下げた。

今までお世話になりました、とまでは口にできなかった。それはまた時期を改めてからでいい。そうでなければ、一気に寂しい気持ちがこみ上げてきて泣いてしまいそうだったからだ。

「はぁ……」

重苦しいため息が何度もこぼれる。けれど、伝えることはできた。まずは一段階、先に進めたと思いたい。

帰り際にナースステーションの方にも挨拶をしようと顔を出すと、看護師がやってきてくれた。

「久遠さん、どうなさいましたか」

「実は、他の病院に行くことになったので、先にご挨拶をしておこうと思って……」

「あら。そうだったんですか」

驚いたような顔をした看護師だったが、それでもその表情には感情を乗せることはしなかった。プロとして患者の事情に踏み込まないのは当たり前のことだと思ったのだが。

「それじゃあ、先生もひと安心ですね」

「え？」

「院長の紹介だとかで、結婚を考えていらっしゃるみたいだったから。ほら、元婚約者が近くにいるとなると、お相手の方も気になさるでしょうし……」

「……っ」

架純はさっき理人に告げた言葉が、自分にそっくりそのまま返ってきたことに息を詰まらせた。

「あ、ごめんなさい。久遠さんがどうというわけではないんですけれど、あの、お互いに気まずいと思うから」

看護師は慌てたように声を潜める。けれど、何となくだが、さっきの方が彼女の本音なのだろうというのが伝わってくる。

「仰る通りだと思います。今まで大変お世話になりました。他の看護師さんたちにもよろしくお伝えください。では、私はこれで失礼します」

架純はそれ以上、自分が傷つかないように予防線を張る。そうして逃げることだって悪いことじゃないと思う。架純は相談相手のハルの言葉を思い出していた。

【……立ち向かうことだけが、正しいわけじゃないよ。告白しないで失恋することだって選択肢のひとつだと思う。それってある意味、相手へのやさしさでもあるんじゃないかな】

そう。理人を困らせたくない。それに自分だって傷つきたくない。

だから、これでいい。これでよかったのだ、と架純は自分に言い聞かせ続けた。

＊　＊　＊

架純が診察室を出ていってから、理人はしばし何が起こったのかわからなかった。情けないことに、彼女のことを直視できなかった。かけてやる言葉が何も出てこなかった。

今まで彼女の主治医としてついてきたというのに。何ていうザマなんだ。しかし医師の仕事は残っている。役目を放棄して引き留めに出ることはできない。

だが、このまま見過ごしていいわけがない。一旦落ち着いて何か考えなくてはならない。混乱しかけていた思考を無理矢理追い出し、理人はそれからため息を吐き出した。

「先生、大丈夫ですか？」

「あ、ああ、すまない。次のカルテ回しておいてくれるかな」

「はい」

看護師に怪訝な顔をされてしまい、何とか冷静に立ち戻って医師の顔に戻ろうとする。

そしてさっきの架純の様子を改めて思い返し、理人は今さらながら自分の傲慢さに気付かされていた。

架純のことを思えばこそ、本来ならばこちらから担当医の変更或いは転院を勧めることも考えるべきだった。

最初から担当医の変更ではなく転院を希望した彼女の気持ちを推して図るべきだった。

慕ってくれている架純なら自ら離れていかないだろうと、いつまでもここにいるものだといつの間にか理人はそう思い込んでいた。

その心理がどこから来るものなのかといえば、自分がただ架純の傍にいたいだけだった。彼女が自分にとって必要だからだ。

自分自身の愚かさに心底呆れ、乾いたため息がこぼれる。と同時に胸を焼くほどの熱が腹の底からこみ上げてくるのを感じていた。

――君を手放したくない。

たとえ傲慢だと言われようとも、彼女の傍にいるのは自分でありたい。

彼女の病を治すのも、彼女を幸せにするのも、自分でありたい。

理人は思わず椅子から立ち上がった。

「先生？」

「いや。次の患者の診察が終わったら、回診の前に一旦休憩に入る。時間を伝えておいてくれないか」

「承知しました」

頭を冷やすつもりだった。

午後に控えているオペに集中するためにも、白衣を脱いで職務と切り離して彼女のことを真剣に考えたかった。

昼休憩を適当に済ませていたときに、兄の來人《らいと》から連絡が入った。

『悪いな。忙しいときに。一応、事前に報告しておこうと思ってさ』

近々開催される高辻家主催のパーティーの際、婚約者をお披露目することになった、ということだった。

「そっか。おめでとう、兄さん」

『ありがとう。まぁ、父さんもこれで少しは安心するだろう。おまえもいい人がいたら連れてくるといい。父さんから縁談を急かされないうちに、な』

ご機嫌な兄の声を聴きながら相槌を打ち、理人はあることを思いついた。

(婚約者……か)

そして理人の脳裏に浮かぶのは、転院したいと申し出た架純のことだった。

――彼女を手放さずにいる方法は、もうひとつしかない。

突き動かされる気持ち、変化するふたりの関係

紹介状の件を依頼したあと、なかなか連絡がもらえなかったので、よいところが見つからずに難航しているのだろうか、と架純は気になっていた。

当初の予定だった二週間がまもなく経過しようという頃、理人から直々に連絡が入り、三日後、病院に直接来てほしいとのことだった。

約束の日、架純は十和田総合病院を訪れた。

ふと、架純は理人のことを思い浮かべる。

理人の個人的な連絡先は昔のものしか知らない。破談になった相手に連絡をとるのはタブーだと思っていたから、彼に会えるのは病院しかなかった。それも今日で終わりだ。

時計を確認すると、まだ約束の時間まで少しある。混雑している様子を見て、架純はバッグの中から洋書を取り出した。翻訳の仕事の参考にしようと思っていたものだが、単純に読み物としても気にいっている本だった。

隣に座った人がいて顔を上げると、思いがけない人物の姿に架純は息を呑んだ。

「せ、先生⁉」

まさか理人がそこにいるとは思わなかった架純は目を白黒させた。

すると、しっと理人が自分の唇のあたりに人差し指をあてた。

「……今日は休みなんだ」

たしかに彼は白衣を着ていない。それだけではなく、いつもよりもラフな服装をしている。

（どうしよう……心の準備ができてなかった。どんな態度をとればいいの？）

こんな想定外の場面に遭遇したら、この間みたいに態度を取り繕うことなんてできそうにない。

「この間は失礼な態度をとってしまってごめんなさい。先生は私にたくさん親切にしてくれたのに」

架純は迷った末に、素直にそう告げることにした。

「いや。俺もだいぶそっけない態度をとってしまった気がする。すまない。君からの申し出に、思いがけず……動揺していたんだ」

理人がきまりわるそうな表情を浮かべる。

それもそのはずだ。どう考えても、架純の突然の行動に彼が戸惑わないわけがない。

引き続き何て言ったらいいか考えあぐねていると、

「それからもうひとつ、君に謝らなければならない。今日、実は君をここに呼び出したのは、紹介状の件じゃないんだ」

「え……？」

話が見えずに困惑していると、理人が立ち上がった。

「紹介状の件はもう少しだけ待ってくれないか」

「まだ、時間がかかりそう、ということでしょうか？」

申し訳なさそうに理人は頷く。それなら仕方ない。休みの日なのにわざわざ来てまで伝えてくれた。そんな彼をこれ以上困らせたいとは思えなかった。

「わかりました」

「……ありがとう。これから、少し俺に時間をもらえないか？」

「えっと」

「せっかくだから、少し近くでお茶をするだけ。そのあと、君を送っていくよ」

理人がいつもと変わりなく接してくれたおかげか、拒む気持ちは湧かなかった。

「わかりました」

少しだけなら、と架純は了承する。

心の中で嬉しい、という気持ちが一瞬よぎったことを慌てて戒める。それじゃあ転院を決めた意味がない。

理人が架純を誘ったのは、ただお茶がしたかっただけのはずがない。彼はやっぱり架純の様子を気にしているのかもしれない。この間は医師として受け入れざるを得なかったのかもしれないが、彼個人としては紹介状を書いておしまいというわけにはいかないのだろう。今まで架純を気にしてくれていた彼のことを思えば当然の話だ。

（ごめんなさい。私は……自分の心を守りたいと思ったんです。心臓の病からではなく……それ以上に今は辛い、恋の病から……）

理人のことが好きだから辛い。

彼の幸せを願いたいのに、彼が他の誰かと幸せにしている様子を見てしまったら、きっと息の根が止まってしまう。

架純が現実に抱えている病と決して比較できるものではないけれど、この恋の病だってそれほど苦しいものなのだ。

（その理由じゃ、納得してもらえませんか……？）

それから、架純は理人の運転する車に乗った。近場の新しくできたカフェに連れていってくれるという話だった。

到着した店は、明治モダンな雰囲気のカフェだった。薔薇窓から差し込む午後の光が心地よく、まばらにいる人はゆったりと寛ぎ、着物にフリルのエプロンをつけた店員が、銀色のトレンチを持ってコーヒーや紅茶、それからパフェに抹茶あんみつなどをのせて運んでいる。

ふたりは奥まった半個室の席に座った。

「何がいい？　好きなものを頼んでいいよ」

遠慮するのは無粋だと思ったので、架純は素直にメニューを見ることにした。

「じゃあ、紅茶とプリンアラモードのセットにします」

「俺は珈琲と抹茶あんみつのセットにしようかな」

さっそく理人が店員を呼んでふたり分の注文を頼んでくれた。

「いい雰囲気……日本の伝統の文化を取り入れた感じで、外国のお客さんも多いですね」

英語、イタリア語、スペイン語、ドイツ語……翻訳の仕事をしている架純は、耳に慣れた言葉を拾いながら店内を見渡した。架純は大学では英語の他にフランス語とドイツ語そして中国語を選択したが、中国語はまだなかなか慣れない。

「観光地からは離れているから、ちょっとした穴場になっているみたいだよ。ゆったり過ごせるのがいい」

しばしそうしてふたりして感想を言い合ってから、先に飲み物が運ばれてきたタイミングで、理人が架純の方に向き直った。自然と架純の背筋も伸びる。

「今回のことに関してだが、不甲斐ない医師ですまない」

そう言って理人が頭を垂れたことに、架純は驚いて腰を浮かしそうになった。

「そんな！」

「君の抱えているものを少しでも楽にできればと思って向き合ってきたつもりだったが、力不足だった」

その場から動かないまま理人は謝罪を続けた。

架純はどうしていいかわからなくなって身振り手振りをするだけだった。

「待ってください。今回のことは、先生のせいじゃありませんから。私が勝手に決めたことなんです」

理人に何を追及されるかと構えていた自分が恥ずかしい。そうだった。理人はいつも架純のことを優先に考えてくれる人だった。彼が自分を責めることなどわかっていたようなものだったのに。そんなふうに彼に思わせてしまったことを架純は悔いた。

「先生、か」

顔を上げ、何ともいえない複雑な表情を覗かせた理人の、その心が知りたいと架純は思った。

（理人さん……）

何かフォローしなきゃと思ったところで、スイーツが運ばれてきてしまった。

「じゃあ、食べようか」

彼が微笑んでフォークを持つ。架純も彼にならってスプーンを持った。

プリンと抹茶あんみつ、それぞれがスイーツを食べ終わるまで、彼は同期の医師の話や恩師にまつわる思い出などを話してくれた。

きっと架純がリラックスできるように気遣ってくれているのだろう。それが伝わってきたから、架純は微笑んで頷くだけに留めた。

「――ごちそうさまでした。美味しかったです」

食べ終わったあと理人にそう告げると、彼は何か考え込んでいるような顔をしていた。不思議に思った架純は理人の顔を覗き込んだ。

「理人さん？」

「君に、頼みがあるんだ。聞いてくれるかな？」

架純はきょとんとしたあとで、意味もわからず頷く。

「私にできることなら……」

そう、理人は先生だから。架純にとっての恩人だから。今日誘ってくれたことへの御礼だっていい。自分ができることなら……そんな気持ちでいたのに。

理人の口から飛び出てきたのは、とんでもない言葉だった。

「仮初の婚約者になってくれないか？」

言われた意味がわからずにきょとんとしていると、

「……君に、婚約者のフリをしてほしいんだ」

理人の真剣な表情にあてられ、架純は声を失ったまま彼を見つめ返した。それからハッとして架純は口を開く。

「こ、婚約者のフリ……⁉」

突拍子もない頼み事に、理解が追いつかない。

「ああ。今度、とあるパーティーがあるんだが、同伴者を連れていかなければならない事情があってね。君に同伴を頼みたい。そこで周りから持ち掛けられるだろう縁談を断りたいんだ」

理人には縁談の話があったはずだ。結婚を考えている人がいるような噂があったのだが、その人のことはどうなったのだろう。

それに、一度は破談になった元婚約者に、こんなことを頼んでいいのだろうか。

「ごめん。突然のことで戸惑うのも無理はないよな。その件の詳細については日取りがわかったら改めて説明させてほしい。それまで、考えておいてくれないかな？」

困ったような顔をする理人を見ると、すぐにダメとは言えなくなってしまった。

「紹介状のこともその頃にははっきりさせよう」

極めつけのひと言で、架純はもう逃げることもできない。

「わ、わかりました……考えさせてください」

架純がぎこちなく答えると、理人は安堵したような顔をした。そういう彼を見るだけで、すぐに断らなくてよかったと思えてしまう自分が単純でいやになる。離れようと思って転院を決意したはずだったのに。理由があれば、まだ一緒にいられると期待を持ちそうになってしまう。

「それじゃあ、送っていくよ」

店を出てから架純は理人にお礼を告げた。

理人は助手席のドアを開いて架純のシートベルトまで締めてくれる。彼は医師である以前に相変らず紳士だ。それはいうならば高辻家の御曹司として当然のように染み付いたものでもあるのかもしれない。

品のいい香りがふわりと漂った。病院にいるときのレモンとは違う、大人の清潔感のあるトワレの香りだ。

理人は助手席のドアを締める間際に、架純の方を見つめた。それからハンドルを握ると、ゆっくりと車を走らせた。

架純はシートベルトに思わず手を添えた。まだ彼が近づいたときの香りがすぐ傍にあって、鼓動が遅れてドキドキと高鳴っていく。

ふと運転している理人の方を見て、彼の真剣な横顔はやっぱり素敵だなと思ってしまった。

そのとき、バッグの中に入れていたスマホの通知が入った。チャットのメッセージのようだ。チャット友達のハルからかもしれない。あのあとの報告をまだしていなかった。あとから連絡を入れようと架純は思う。

運転している間の理人は静かだった。時折、架純に気を配ってくれるようなことを言うくらいだ。その沈黙はやわらかなもので苦ではない。彼と一緒にいると他では得られない安堵感に包まれる。ドキドキする相手なのに安心するなんて不思議な感情だと思う。

『仮初の婚約者になってくれないか？』

ふと、さっき理人から頼まれたことが脳裏をよぎった。

『……君に、婚約者のフリをしてほしいんだ』

（どうしよう……）

考え事をしているうちに家の前に車が到着していた。

「架純」

下の名前を呼ばれて架純は驚いて顔を上げた。いつぶりだろうか。そんなふうに呼ばれるのは。

理人がシートベルトを外してくれるところだったらしい。顔が近くて固まっていると、彼はふんわりと微笑んで架純の頭にぽんと手を置いた。

「今日は付き合ってくれてありがとう」

カフェのことを思い出し、架純はつられたように笑顔を咲かせた。

「こちらこそ……素敵なカフェに連れていってくださり、ありがとうございました。プリンも紅茶もとっても美味しかった」

「それならよかった」

理人はそう言い、一旦運転席から降りて助手席のドアを開けてくれる。最後まで彼は紳士だった。

架純は慌ててそろりと立ち上がった。

「また連絡する」

件の『婚約者のフリ』の話だろう。架純は何ていったらいいか困った。

「連絡先、変わっていなければ」

と、理人は言い直した。

「……変わってないです」

「俺も一緒だ。それじゃあ、また」

理人はそう言い、運転席へと戻っていく。彼が一度こちらに向いた。

架純は小さく手を振った。

車はゆっくりと離れていく。その車がだんだんと小さくなって見えなくなるまで、架純は見送っていた。その間も鼓動は早鐘を打ったまま治まらない。

車を待たせているという物理的な状況が、断る隙を与えてくれなかったとはいえ、気持ちが傾いている天秤の方にあっけなく選択肢の矢印を向けてしまった自分の不甲斐なさに、架純はまたため息をつく。

離れなくちゃいけないと思ったから転院することを決めたのに。離れがたい気持ちばかりが次々にせり上がってくる。その上、あんな提案までされてしまった。

「連絡……していいの？」

タブーだと思っていたことを許可されたことに拍子抜けしてしまい、架純はしばらくその場から動くことができないでいた。

婚約者のフリ……だなんて。心の中には本当の気持ちを秘めたままなのに。

（先生、理人さん……それじゃあ困ります。心臓がこれ以上悲鳴をあげたらこの先どうしてくれるんですか。責任をとって治してくれるんですか……？）

普段はできるはずのない八つ当たりを心の中で唱えてみたところでどうしようもない。

問題は自分の決断のタイミングの話だ。

もっと早く転院を決意すべきだった。

もうとっくに手遅れのような気がしている。否、もうずっと前からそうだった。

人生の半分以上、傍にあった彼への想いを簡単に捨てることはできなくて。いつまでも未練に縛られている。この恋は架純にとって永遠に終わらない物語になるのだろうという予感はずっと胸の内側にあったのだ。

だからこそ、せめて彼の負担にならないように、自分自身を傷つくことから護るために行動しようとしていたのに。

（ずるい。あんなふうに頼まれたら……拒むことなんてできないわ）

架純は大きく息を吐くと、意を決して婚約者のフリを承諾するメールを送信した。

＊＊＊

バックミラー越しに、理人は架純の姿を確認した。外に出たままだと心配だからすぐに家に入ってほしかったのだが、彼女はずっと理人の車を見送ってくれていた。

ハンドルを握りながら一緒に過ごした時間を振り返る。

遠慮がちに車に乗っていた架純が、カフェでは興味深そうな表情を浮かべたり美味しそうに食べていたりする姿を見て、理人はもっと架純の色々な顔を見たくなった。

彼女の可愛らしい声をずっと聴いていたくなった。

離れていく……とわかったとき、自分の中に芽生えていたものがなんなのか、理人は改めて思い知らされていた。

燃えるような熱が内側からふつふつと滾ってこみ上げてきては自分の心を縛りつける。彼女への執着心なのだとしたら、何て身勝手な感情を抱いているのだろうと自分に失望する。架純のことを思い、医師として力になることだけを考えてきた。自分には見守る責任があると思い込んでいた。だが、それはただのエゴでしかなかった。

結局のところ、自分が、いつまでも架純のことを診ていたかったのだ。そして、医師としてだけではなく目の届く範囲に架純のことを置いて、彼女をずっと凝視《みつ》めていたかった。

——理人は、架純に〝恋〟をしていた。

元婚約者という立場でも、妹を見守るような目線でもなく。ひとりの女性として彼女のことが好きになっていたのだ。医師として邁進することに必死になるあまりに、恋に対して疎かった自分が愚かしい。

今さらこんな気持ちに気付くなんて、とハンドルを握る手に知らずのうちにギリっと力がこもる。

もどかしさをどう吐き出していいかわからずに傍にあったミントキャンディを口の中に放り込み、ため息に変えた。

医師である自分は、平静を取り繕うことがいつからかうまくなっていた。元々、あまり感情を顔には出さないタイプではあったが、医療現場に立ち続けるうちに、患者のために感情に蓋をすることが多くなった。いわゆる職業病、慣れのようなもの。それはある意味、架純を前にしたときに役に立つスキルではあったが、それでも彼女を前にするとうまく立ち回っていられたか、あとで振り返って自信がなくなることがある。

(君が幸せになることを願っていた。諦める人生じゃなくて、未来を望める人生をあげたかったんだ)

でも、彼女がその未来を共に歩む相手は、自分ではないはずだった。もうとっくに昔の縁は切れている。繋ぎ留めておけるのは、医師と患者という関係だけ。だから、彼女が紹介状を受け取って転院してしまえば、もう何もなくなってしまう。

無論、彼女が通いやすい場所で、恩師のいる病院を紹介するのが、彼女のためには正しい選択だっただろう。その病院に訪れることはできるし、完全に縁が途絶えるわけではない。でも、これまでと同じような関わりはもうできない。

理由がなければもう傍にいることは叶わない。

『先生は以前に別問題だと仰いましたが、元婚約者がいつまでも主治医であるということは、好きな人ができたら……その、やっぱり気にしてしまいますし、新しい恋愛がやりづらいというのが本音です』

好きな人はこれからできるということなのか、それとももう既にいるのか。架純が他の男と一緒になるかもしれないと考えると、いてもたってもいられなくなった。

これはただの独占欲でしかない。みっともない執着心でしかない。わかっている。だが――。

今までは私的な感情で動かないように抑えてきた、そのつもりだったが、失ってからでは遅いのだと改めて気付かされた。

(悪いが、俺は君を手放したくない)

本当に望んでいることは『婚約者のフリ』なんかではない。

(君を俺だけのものにしたい)

＊＊＊

理人からの次の誘いはそう遠くない日に訪れた。

『当日まで恋人らしい雰囲気作りをしておきたいんだ。デートに付き合ってくれないか？』

架純は断る理由を考えながら、チャット友達のハルに相談しつつ、それでも結局は理人の頼みを断り切れずにデートの誘いに応じることになった。

(ちょっと私、意思が弱すぎるわ)

自己嫌悪に陥りながらも、それでも理人に会えることの方が嬉しくて、デートに着ていく服はどんなものがいいか慌ててリサーチするなどして家政婦の町田を驚かせた。本当に自分のことを滑稽に思う。それでも止められないのだからもう仕方ない。

相手が理人だとわかると彼女は安心していたが、当然、疑問には思っただろう。

町田は久遠家と高辻家のかつての許嫁の事情を知っている。もうとっくにふたりの関係は離れていて、理人と架純がただの医師と患者でしかないと捉えている。けれど、何となく架純の気持ちには気付いていたのだろう。

「本当に〝先生〟のことが大好きなんですね」

ちらりと何かを言いたげな視線をよこされ、架純はどきっとした。

「もちろん、先生のことは好きだわ」

「隠さなくても構いませんよ。先生……のことだけじゃなく、理人さん……のことが、大好きなのでしょう?」

言葉に詰まった架純の表情がみるみるうちに赤くなるのを、町田は微笑むように見ていた。

「あらあら。真っ赤ですよ」

「もう、そんなふうにからかわないで。私にとっても息抜きになるし、〝先生〟にはこの間ごちそうになったお礼がしたいの！　ただそれだけよ」

「はいはい。先生が一緒なら安心ですね」

「ええ、本当に」

ムキになっている架純の様子がおかしかったのか、町田は楽しそうにくすくすと笑う。

「もう、町田さんったら、悪い人なんだから」

「あら。私はいつだってお嬢様の味方ですよ」

そんな言い合いをしながら、お互いに笑い合う。

町田にはやっぱり心配をかけたくないので、転院のことはもうしばらくしてから報告した方がよさそうだ。まして、婚約者のフリを頼まれているなんて、トップシークレットだ——。

「では、お気をつけて行ってらっしゃいませ。架純お嬢様」

「行ってきます」

笑顔を向けると、いつも出かけるときみたいに町田は見送ってくれた。

架純はつばの広い帽子をかぶり、腕にはフリルのアームカバーを着用した。陽射しは相変らず強くなってきたけれど、気温は低めだったので爽やかな風が通り抜けていくのが心地よい。

車で迎えに行くと言ってくれた理人に、架純は駅で待ち合わせがしたいと告げた。カフェに誘われた日のことを思い出すと、平常心のまま助手席に乗れる自信がなかったからだ。

(理人さんが変に誤解しないといいけれど……)

彼の車に乗ること、助手席に座ることがいやなのではない。あくまで親密な空気になりやすい密室の空間を避けたいと思ったのだ。

(顔に出てしまうかもしれないもの)

けれど、車を避けたとしてもあまり意味がなかったことをすぐ思い知らされる。

駅前で待っていた理人をまっさきに見つけた瞬間、胸の内側がきゅっと締めつけられた。自分のために待っていてくれている彼の姿に見事にときめいてしまったのだ。

その上、彼が顔を上げて架純のことを同じように見つけて笑顔で手を振ってくれたことが、どうしようもなく嬉しくて。無意識のうちに彼のことが好きなのだと、全身に火花が散ったみたいに熱を帯びていってしまう。

「顔が少し赤いけど、気分は大丈夫？」

さっそく心配されてしまったが、あまり追及はされたくなくて架純は元気よく返事をする。

「は、はい。大丈夫です。今日はこの間と違って涼しいですし……」

「そうだな。これから向かうところも涼しいと思うから」

理人と視線が絡み合い、架純はドキリとした。

「その前に、今日は来てくれてありがとう」

「いえ。私でお役に立てるなら……それで、えっと、どちらに向かうのですか？」

「新しくできた水族館。せっかく恋人らしい雰囲気作りするなら、前に君が行ってみたいって言っていたところがいいと思って……違ったかな？」

理人がおもねるように尋ねてくる。

いつだったかの診察の合間に交わした雑談のひとつだったのに覚えていてくれたのだと思うと、胸が弾んだ。

「いいえ。行きたいと思ってました」

架純がぱっと表情を輝かせたのが伝わったのか、理人も楽しげに頬を綻ばせた。

「よかった。あとは電車が空いているといいんだが」

なるべく午前中の早い時間に待ち合わせを決めたのも、電車や施設が混み合わないように考えられた、理人の気遣いだ。

「今日は……車じゃない代わりに、エスコートさせてほしい」

理人はそう言い、架純の荷物を預かってくれ、彼の腕を差し出した。

「それとも手を繋いだ方がいいかな？」

「えっと、先生、私なら大丈夫です」

先生、と呼んでしまったことに理人がまた反応した気がするけれど、架純はもう精一杯でフォローする余裕がなかった。手を繋いだりなんかしたらすぐに汗ばんでしまいそうだし、それではまるで恋人同士になってしまう。

そこまで考えてから架純は我に返る。

（これは雰囲気作りのためのデート……だから）

電車の中は満員というほどではないが、やはり人が多くいる。座るところを確保してくれた理人が架純を誘導してくれた。彼はその目の前に立って周りを気にかけている。背の高い彼はまるでガードマンみたいだった。

たまに他の人の視線がちらちらと向けられる。それは彼が見目麗しい男性であることもひとつの理由だろう。そして恋人に過保護で甘いタイプなのかもしれないと女子高校生らしきふたり組がひそひそと噂をしているのを聞いてしまい、架純の顔はまた勝手にジワリと熱を感じた。

いつまでもそんなふうに過保護でいようとする理人に、架純は戸惑いを隠せない。

転院をすると伝えたことで、理人が責任を感じているのだとしたらその部分だけは折に触れて訂正しておきたいのだが。なんだか、紹介状のことを急かす気持ちにはなれなくなってしまった。

水族館に到着し、受付で料金を支払おうとする理人を架純は慌てて制止した。

「この間、ごちそうになったばかりだもの、ここは私が」

「いいよ。俺がそのつもりで誘ったんだし、君は来てくれた。それだけでいい」

「で、でも……そういうわけには」

「中に入ったら喉が渇くかもしれない。途中の休憩のときにお願いしてもいいかな？」

「わかりました。そのときは絶対ですよ？」

理人がふっと笑う。

あまりにムキになりすぎたかもしれない。こういうときに恋人同士だったら彼に任せるのだろうか。そうだとしたら、可愛げがなかっただろうか。

でも、たとえ恋人らしい雰囲気作りが必要だとしても、実際のふたりはそういう関係ではないし、理人にばかり甘えているのは違う気がしたのだ。

婚約者のフリ、恋人らしい雰囲気作りのデート……度々そう言い聞かせようとしていたけれど、逆に今は余計なことを考えない方がよさそうだ。

水族館の鑑賞を楽しむことに集中しよう。架純はそう思いながら、理人の隣を歩く。

家族連れやカップルが通り過ぎていくのを横目に、架純は水槽の中で自由に泳ぐ色とりどりの小魚を見た。

さっそく見どころのアーチ状の水槽を通ると、魚の群れがざっと通り過ぎていき、そのあとをのんびりとした動きで流れていく大きな魚影に釘付けになる。青い水槽の中に光と泡がきらきらと煌めき、涼やかな空間に静かなＢＧＭが流れている。

まるで人魚姫にでもなったような気分になる。光の泡がきらきらと眩《まぼゆ》く感じた。

さっそく癒やされるような気持ちになって眺めていると、不意に理人が振り向いた。

「写真を撮ってあげるよ」

「いいんですか？」

「ああ。スマホを貸して」

理人に預けると数枚角度を変えて撮ってくれた。

「私も先生を撮りますよ」

「いや、俺はいいよ」

「そう言わずに！　あとから見たら癒やされますよ」

ふたりで撮ろうと言われたらどうしようか、と一瞬脳裏をよぎってしまう。それを打ち消したくて架純は、はしゃいでみせる。

理人は戸惑いつつも拒まずに立っていてくれる。何かポーズをするわけではないのが彼らしい。というか、何もしなくても絵になる。まるで一枚の絵画或いは宗教画のように美しくて、見惚れてしまう。

ボタンを押すのを忘れて間違えて動画で撮ってしまった。慌てて取り直したら画面がブレてしまい、あわあわしているところに理人が笑う。

その屈託のない表情の写真がちょうどよく撮れて、架純は思わず顔を綻ばせた。

「ん？　何か笑うようなことがあったか？」

「先生のこういう笑顔……珍しくて」

「……？」

理人が当惑している。

「だめでしたか？　撮り直しますか？」

「いや。自分がこんな顔をしているのかって、客観的に見ていただけだから、問題ない」

少し照れくさそうにしている理人に、架純はどきりとする。彼のそんな様子はなかなか見られない。

そんな彼の表情を、自分だけが独占できたらいいのに、と無意識に思ってしまう。

ふたりは次のエリアへと移っていく。そこは深海へと繋がるトンネルのようだった。薄暗くゆったりとした時間が流れていくみたいだ。密室のような雰囲気の中、カップルが寄り添っている姿が見られる。

架純は何となく落ち着かない気持ちで理人の隣を歩いていた。

やがて別のエリアに分かれている場所にたどり着く。そこは、理人が言っていたふわふわと漂うくらげのエリアだった。

大きさや形状の異なるくらげが縦長の水槽に浮いている。透けた白い模様と触手がゆらゆらとしている様子は、そのままぼんやりといつまでも眺めていられるような気がしてくる。たしかにここにいるのは癒やされるかもしれない。

そんなほっとした気持ちでいたのも束の間。

理人がすぐ隣に並んでぽつりと問いかけてきた。

「君の好きな人は、どんな人？」

「えっ」

「前に、恋愛がどうという話をしていたから」

「あれは……」

まさかそこを追及されるとは思わなくて架純は焦った。しどろもどろになりながら、何とかそれらしい設定を急いで考えようとしたけれど、架純にそんな恋愛面での器用さはなかった。嘘はあの一度きりにしていたかったのに。

架純が何かを口にする前に、先に理人が軽く頭を垂れた。そして架純の方に向き直る。

「ごめん。婚約者のフリなんて頼んだ俺が、根掘り葉掘り聞くようなことじゃなかったな」

「いえ。好きな人は……」

好きな人は、目の前にいるあなたです――と言えたなら。どれほどいいだろう。でもそれは自分が一時的に楽になるだけの言葉で、相手を困らせる毒になる。そしてその毒は自分の中にも落ちていく遅効性の劇薬だ。

好きな人はいる。その人は目の前の人で、それ以外に好きな人はいない。恋愛したいと思う人は、他にはいない。

せめて二重の嘘で窒息してしまわないように、架純は素直に伝えるほかなかった。

「これから好きになる人ができればいいなって思ってます。私では、なかなか難しいかもしれないけれど」

理人はどう受け取ったのか、彼の方こそ複雑そうな顔をしていた。

「そんなことない。君は充分そのままで素敵な人だ」

きっぱりと言い切った理人のその表情に、架純は複雑な気持ちになってしまった。

架純の存在を認めてくれる一方、彼以外の人との幸せを願ってくれている、その彼の想いに苦しくなってしまう。

「……ありがとうございます。先生」

「もう俺は、君の先生じゃないよ。婚約者だ」

理人にそう言われた瞬間、頬に熱が走った。

(理人さんは素敵な人、私もそう言えたらいいのに)

けれど、先に照れがやってきて、すんなり言葉にできない。

むしろ好き……という気持ちが溢れてしまう前に、今日はなるべく早く帰った方がいい気がした。

足を動かしたそのとき、絨毯に埋もれたつま先に躓いてしまう。

「あ、……」

「足元が暗い上に、傾斜があるんだ。危ないから」

理人はそう言い、架純の手を握った。大きな手のひらに包まれていると安堵を覚えた。触れている指先が甘く痺れていく。

傍から意識して汗ばんでいってしまう。

架純は薄暗い中で理人を見つめた。

理人が、もう先生じゃない、と言ったその彼の心理を、架純は都合のいい方に考えてしまいそうになっていた。

期待したらいけない……、と架純は自分を戒めるように唇を噛む。

これはすべて婚約者のフリをするための前哨戦なのだから。

けれど、泡のようにどんどん溢れるものが生まれてきてしまう。

他でもない架純に頼んだのは、どうしてなのだろう。その理由を都合よくつけたくなってしまう。実は、架純の転院を引き留めたいのではないだろうか。紹介状の件ははぐらかしているだけで、架純がいなくなることを単純に寂しいと思って名残惜しんでくれているのではないか、と。

何を問うたとしても彼を困らせるに違いない。見当違いだったら今度こそ本当に墓穴を掘るだけだ。

だから架純は浮かんでくる期待や疑問をゆっくりと自分の中に沈め込んでいく。そして水槽の中で優雅に泳ぐ魚たちの群れに目を向けた。

「綺麗。まるでドレスを着ているみたい」

開かれた海の世界の美しさに感動した。水族館という閉塞した世界の中にある、ひとつの輝かしい場面に、心を奪われていく。

「可愛い！　マーメイドの映画に出てきていた、あの魚は何ていう名前だったかしら、理人さん」

そのとき架純は夢中になって素ではしゃぎすぎていて、隣にいる理人がどんな顔をしていたかなんてわからなかった。

ふと、理人の手を引っ張っていたことに気づく。

「やだ、私ったら。ごめんなさ――」

顔を上げた拍子に、理人が微笑ましそうに見つめている眼差しが視界に映り込む。

それこそ、恋人に向けられるような愛おしそうな表情で……。

（……！）

架純の心臓が大きな鼓動を立てた気がした。

理人は何も言わない。

「足元に気をつけて。向こうに行こう」

架純を連れ出すように彼が握った手を引っ張った。架純は慌てて小走りでついていく。

どうしてそんな顔をして私を見るの？

それを尋ねる隙を与えてくれない。

尋ねてしまったらいけない気がする。

さっき彼が無意識に見せた表情も婚約者のフリのために必要な恋人らしい雰囲気作りだというのだろうか。

悶々と考えている間にも理人の手に引かれてあたふたとついていく。

掌が汗ばんでいくのさえ気にかけていられる余裕がないほど、頭の中がさっきの不可解な彼の行動のことでいっぱいに支配されていってしまう。

「疲れていない？」

「だ、大丈夫です」

「また、君が行きたいと思う場所があるなら連れていくよ」

理人の表情はいつものクールな雰囲気のまま。架純だけが動揺している。着信の音が鳴った。

「ごめん。オンコールだ」

架純はハッとする。

そうだ、理人には医師としての使命がある。休みの日だとしても呼び出されることがあるのだ。事前にそれは承知していたことだった。

「タクシーつかまえるよ。誘っておきながらすまない。この埋め合わせはまた今度。君はひとりでうちに帰れる？」

「私は大丈夫です。先生こそ急いでください」

先生、と呼んだことに理人は今度は反応をしなかった。もう彼は医師の顔になっていた。

「ごめんな。じゃあ、また連絡する」

ぽんとやさしく頭に手を置かれて、架純は頷く。

また、と言ってくれた。

カフェの帰りと同じように。

それから先に去って行った理人のことを茫然と見送る。

「お客さん、乗りますか？」

「はい、お願いします」

架純も慌ててタクシーに乗り込む。

聞けなかった言葉が、沈んでいた想いがふわふわと浮いては架純の心を支配していく。

忘れようとしていたのに。

離れようとしていたのに。

（理人さん……）

理人の考えがわからなかった。

けれど、架純も自分のことがわからなくなりそうだった。彼から離れたい、そうすべきだと思うのに、また会えるかもしれないという期待を捨てきれない。

タクシーが家の前に着いたあと、架純は近所を散歩していた犬とご主人がじゃれ合っているのを見た。

ご主人は犬をやさしく抱き寄せて微笑み、犬はご主人の頬をぺろりと舐める。その行為はよくある愛情表現のひとつだ。

架純は理人のことを思い浮かべてため息をついた。

彼の一挙一動に、深い意味などなかったのかもしれない。

特別な感情であるはずがない。最初から、婚約者のフリをしてほしいと言った。その前提でのデートなのだから。

（そうよ。勘違いしちゃだめ）

＊＊＊

理人は病院に向かうタクシーの中、そういえば持っていたデイバッグの中に架純のストールが入っていたのを今さら思い出した。それは、先日のカフェの帰りに架純が落として忘れていったものだ。

水族館で会ったときに早めに渡そうと思っていたのだが。

淡いレースのストールを眺めていると、ひらひらと泳ぐマーメイドのような魚を見て、まるでドレスを着ているみたいだと、はしゃいでいた架純のことが思い浮かんだ。

無邪気な架純の様子に、普段の慎ましい彼女の雰囲気ともまた違った魅力を感じていた。そんな架純のことが可愛くて、そのまま腕の中に閉じ込めてしまいたかった。

そうでもしなければ、架純がどこかへ消えてしまいそうに感じたのかもしれない。

やはり架純を自分のものにして、そして彼女が儚い命に怯えたり諦めたりすることのないよう、これから先も長く生きられるように助けたいと切に願った。

——君を離したくない。

医師としてもひとりの男としても、架純のことを大事に思う。そして、自分は彼女のことが好きなのだ、と改めて胸に刻み付けていた。

見目が清楚で可憐な架純ならばきっと、青い海に透けるような純白のヴェールと、真珠のように輝くウエディングドレスが似合う。

いつか彼女のその姿を見てみたいと思った。そして、そのときに隣に立つ相手は自分でありたいと。

心臓外科医の彼の、怒涛の溺愛攻撃

翌日、忘れていったストールを預かっていると理人に言われ、架純は病院へと向かった。

最近の理人は忙しいということは知っていた。それなのに仕事帰りにわざわざ届けに行くと言ってくれた彼に、架純は自分から取りに行くと申し出、昼休みの空いた時間に約束をしていたのだ。

架純のバッグの中にはお弁当が入っている。以前、いつも病院の休憩時間にはすぐに動けるようにパンを軽く食べる程度だという話を理人から聞いていたので、少し摘まめるようなおかずを詰めて持ってきていた。

町田にはまたからかわれてしまった。それも無理はない。料理なんていつも彼女に任せきりの架純が急に自分からお弁当を作りたいと言い出したのだから。

申し訳なく感じながら、先ほどのキッチンでのやりとりを思い出す。

『ま、た、高辻先生のところですか？』

町田は何もかもお見通しだ。

『……そ、そうなの。この間、ストールを忘れてしまって。預かっていてもらったの。だから、お礼をしなくちゃって』

本当のことを伝えているのだが、架純の内心を見透かしたかのように、じいっと町田があやしげな目を向けてきた。

『前にもお礼がどうとか言っていませんでしたか？』

『……そ、そうだけれど、それとこれはまた別で……』

『架純お嬢様、私には言い訳なんてしなくても構いませんよ』

見守るような目を向けられ、架純はいたたまれなくなる。素直に好きだから作ってあげたい、と口にしてもいいのだと町田は言いたいのかもしれない。

『言い訳だなんて……』

ちくり、と罪悪感が胸を刺す。

次こそ、今度こそ、その繰り返し。架純は自分で転院を決めるくらい理人から離れようとしていたはずだったのに、自分から彼の方に引き寄せられていってその沼にずぶずぶとはまっているのだから。

あまつさえ、雰囲気作りと称したデートに誘われ、それに戸惑うところか、むしろ喜んでしまっている自分……。

しょんぼりしている架純に、町田はそっと寄り添った。

『お料理ならいつでも教えて差し上げますよ。ただ、火傷をしないようにだけ気をつけてくださいね』

『もちろんよ。翻訳の仕事にも差し支えてしまうもの』

『ええ。何事も無理せず、ほどほどが肝心です』

町田は架純に甘い。監督するときはやっぱり厳しいけれど。

それから張り切って初心者向けに、卵焼きとアスパラのベーコン巻きを順番に伝授してもらったが、想像していた以上に難しくてバタバタしてしまった。

ささっと簡単にこなしているように見えるのは町田が料理上手だからだ。下拵えに調味料の配分、ちょっとした味付けや盛りつけの工夫、そういった相手への思いやりを込めて、普段から手間暇かけて作ってくれているのだな、と改めて感謝の気持ちがわいた。

いつか自分も腕を上げて理人のためにテーブルいっぱいに彩れるレパートリーが増えるだろうか、などと想像してからかぶりを振った。そんな未来はあるはずもない。想像しても無駄だということ。

結局、卵焼きは作り直して、茹ですぎたアスパラは今晩のおかずの和え物に代わり、パリパリに焦げ付いたベーコンは町田のお昼のサンドイッチに使われることになってしまい……最終的に、町田が作ってくれた煮物や揚げ物などをランチボックスに一緒に詰め込むことになったのだった。

『初心者が何でも最初からできるわけがないんですから、卵焼きだけでも充分だと思いますよ』

町田は落ち込む架純を慰め、励ましてくれたけれど。架純としても納得がいっていない。

『また今度ちゃんと教えてほしいわ』

『また今度？』

にこにことした顔のまま町田がその理由を追及してくる。

『もう、町田さんったら、意地悪ね』

『ふふ。お料理は別に構いませんよ。架純お嬢様と一緒にキッチンに立つのは楽しいですから』

朝からそのような紆余曲折を経て、まるで本当の母のような、母代わりの町田にお礼を言うと、何とかそれらしくなったお弁当を引っ提げて家を出たのだった。

病院の前に到着した架純は、理人のことを思い浮かべた。お弁当箱を開けた瞬間、彼はどんなふうに反応してくれるだろう。不格好な中身を見て固まったり呆れたりしないだろうか。

だんだんと渡す自信がなくなってきてしまう。

（監修はスーパー家政婦町田さんです。だから味の保証はあるから、大丈夫です、理人さん）

そんなふうに意気込んでから、架純は不意にこれから先のことを考えてしまい、鬱屈した気分を払うようにため息をついた。

本来なら月に一回の定期健診で翌週くらいには病院に来ていたけれど、架純は次から転院先の病院にお世話になるつもりでいる。今後は何か理由がない限りは理人には会えないのだ。

理人からは連絡していいと言われたが、まだ一度も彼にはこちらから連絡を入れたことがない。用事がない限り、ずっとタブーだった行為を破るのは何となく気が引けたのだ。

今日は理人に会えると思うと胸が弾む一方、先延ばしにして彼に会える口実を残しておくべきだったか、などという打算を脳裏に浮かべてしまい架純は我に返った。

理人が誘ってくれるから、理由さえあれば、彼は当たり前のように傍にいてくれるような気がしてしまっていた。

水族館デートのことが蘇ってくる。ふわふわきらきらしていたあの時間は本当に幸せで、気を抜けばあの夢の続きを見たいと思ってしまう。そうして理人が見せてくれた表情の意味に期待したくなっている自分を、架純は必死に思考から追い出した。

今日は外来の総合窓口玄関の方ではなく、入院病棟の方に回ってから中庭を目指した。

中庭には車椅子や杖をついた患者と患者の家族や看護師の姿が見られる一方、奥まったエリアには関係者以外が入れないようになっている休憩所がある。ちょっとした小さな森林の箱庭のような場所だ。そこで医師が昼休憩をとる姿を、当時入院していた架純は見たことがあった。そのあたりで理人が待っていてくれるらしい。

植樹された立派な桜の木の下のベンチに、ぽつぽつと医師の姿が見えた。架純はそのあたりを見渡して理人を探す。

新緑の葉をつけた樹にはところどころ木漏れ日が煌めいていて、風に吹かれるたびに葉がさわさわと清々しい音を奏でている。

人の少ないエリアに理人を発見した。架純は小走りで彼の元に駆けていく。昼休みとはいえ、彼は忙しい。医師は急患のヘルプに回ったり患者の容態の急変で呼び出されたりすることも少なくない。

「高辻先生」

架純は移動しようとしていた理人を呼び止めた。

『もう俺は、君の先生じゃないよ』

水族館で言われたことが脳裏をよぎる。

けれど、ここでは彼は医師に違いはない。彼も特には指摘しなかった。

「わざわざ出向いてもらってごめん。俺が届ければよかったんだけど」

「いえ。先生がお忙しいのはわかっていますし……私の方こそ、うっかりしてしまってごめんなさい」

「また忘れないように先に渡しておくよ」

紙袋の中にまるでラッピングしたみたいに丁寧に畳まれていたスカーフが見えた。理人の几帳面な性格を表すようだった。

「ありがとうございます」

架純はそれを受け取ってから、バッグの中に入れてきたお弁当をいそいそと取り出した。内心は緊張していたが悟られてしまうと恥ずかしい。

「あの、お昼によかったらお弁当を召し上がってください」

勇気を出して包みを差し出すと、理人が驚いた顔をしていた。

「えっと……」

「ごめん。開けてもいいかな?」

「は、はい」

緊張の一瞬はすぐに訪れた。どうか不格好な形だけは許してくださいと願う。

「これは君が?」

「……卵焼きだけ。お手伝いさんに教えてもらって作りました」

「よくできてる。美味しいよ」

「ほんとですか……よかった。料理をすることなんてなかったから、ちょっと迷惑そうだったけれど。煮物とか絶品なのでぜひ」

ほっとして気が抜けたら架純は饒舌になっていた。

「つい手軽に食べられるものばかりで栄養が偏りがちだから助かるよ」

「医者の不養生では困りますからね。先生が美味しそうに食べていたこと、お手伝いさんにも伝えておきますね」

「君が妻だったら、これからもこんなふうに作ってくれるのかな」

「え?」

（今、何て言ったの？）

　風が強く吹き抜け、葉擦れの音に邪魔をされる。

　視線が交わってドキリと鼓動が跳ねた。不整脈とは違う、彼を意識した音が内側に余韻を広げていく。

　一度意識してしまうと、鼓動はどんどん駆け足になって体温は上昇してしまう。

　お弁当箱が空になったらそれを受け取って早く帰った方がいい。その前に、そろそろパーティーの詳細について聞いて、今度こそなぁなぁになっている紹介状のことにも触れなければ。そんなふうに焦る気持ちがこみ上げてくる。

　けれどその一方、離れがたい矛盾した気持ちがじわじわと浸食してきて架純を引き留めていた。

　婚約者のフリは一時的なもの。それが終われば会う理由がなくなる。そして、転院したらもう二度と会うことができなくなるだろう。あと少しだけでいいから傍にいたい。目に焼きつけるように彼を見つめていたい。

　でも、それはきっとキリがない。物理的に離れなければこの気持ちを終わらせることはできない。だからこそ転院を決めたのだから。

「本当に美味しかったよ。わざわざ作ってきてくれてありがとう」

「私の方こそ。喜んでもらえてよかったです」

架純は理人のお弁当箱が空になったのを見て、名残惜しくなりそうな気持ちを何とか振り払い、さっき思い浮かべた話を切り出そうとした。しかしそのとき、先に口を開いたのは理人の方だった。

「例のパーティーのことだけど……」

立ち上がりかけた腰を下ろし、架純は理人を見る。彼は何か逡巡するような表情を浮かべたあと、架純の方をまっすぐに見つめてきた。

「同行してもらいたいのは高辻家主催のパーティーだ。そこで兄の婚約者を紹介する場を設けることになった。その場で君に俺の婚約者の役を演じてほしいんだ」

「……高辻家の……それじゃあ、私はお兄さんの前で紹介されるということでしょうか？」

「あぁ。そうさせてほしい。前にも伝えたとおり、パーティーには同伴のパートナーを連れていくことはままある話だが、今回は対外的に、縁談を避けたい狙いがあるんだ。それで、兄と父にも、君を婚約者として紹介する」

高辻家の当主は国会議員。そして理人の兄は議員秘書。対外的に、という意味はわかるけれど。

「で、でも……」

架純は困惑していた。まさか、高辻家主催のパーティーだなんて思わなかった。

どうして理人はわざわざ架純に頼むのだろう。ますます疑問が湧いてしまう。

以前、たしか理人には新しい縁談の話があって婚約者ができるという噂を聞いた気がするのだが。その人とはどうなったのだろう。その人以外との縁談を断りたいということだろうか。今それを追及してもいいだろうか。でも何か聞いてはいけない事情があるかもしれない。かつて架純と破談になったみたいに。

余計なことを言って理人を傷つけてしまわないように架純は熟慮する。その上で、自分と理人の関係について先に言及することにした。

「私と理人さんは……かつて婚約関係にあって破談になりました。そんな私が仮初の婚約者なんて務まりますか？　お父様たちはいい顔をしないのではないでしょうか？」

「父と兄は、政治のことで頭がいっぱいだ。昔ちょっと会ったくらいでは君の顔もよく覚えていないよ」

たしかに祖父同士の繋がりがあったからこそふたりは婚約関係にあった。祖父たちが仲人役をしていたし、架純の両親は他界していたので、理人の両親が口を出すことはなかった。

まだ縁談が活きていた頃は、改めて顔合わせをするのは正式に結婚するときと決めていた。結局それは叶わずに破談になったのだ。十代の頃と今の容姿ではすぐにピンとは来ないかもしれない。

「でも、それじゃあ……理人さんのご家族のことを騙すということですよね」

仮初の婚約者というだけでも人を欺く行為なのに、秘密を重ねるなんて、やはり気が引けてしまう。

それに、医師である理人がいつも言うように、物事には絶対はありえない。たとえば、もしも架純の身元が早々に判明した場合、新たなトラブルの芽にだってなりかねない。

「たしかに、その場しのぎではあるが、パーティーが終わり次第、身内にはすぐに事情を明かすと約束するよ。必要以上に君をうちの問題に巻き込むようなことはしない。君はとても綺麗で聡明だ。目を引く華があるし、気遣いのできる素敵な人だから、きっと周りは誰も文句は言えなくなる」

「そんな……買いかぶりすぎではないでしょうか」

「事実だよ。少なくとも、俺には周りにそう思わせる自信がある。君の不安は俺がフォローする」

及び腰の架純の様子を見ながら、理人はきっぱりとそう言い切った。

理人なりに何かしらの算段をつけているから架純を説得しているのだろう。聡い彼が大事な場面で適当な対応をするとは思えない。今までの彼を知っているからこそ、彼に対する信頼はある。

それに、その場しのぎ……は、決してネガティブなものだけではないと、チャット友達のハルに励まされたことを思い出す。それは、架純が本音を隠して転院したいと理人に告げるときに決めた行動のこと。

今回は理人側の事情だが、彼にもそういった何か込み入った問題があるのだろうか。

架純自身が傷つく結果になりかねないので詳しく聞く勇気はなかったが、理人のためなら力になりたいと思ってしまう。こんなに架純を頼ってくれているのだと思えばこそ、心が動かされてしまう。あとは偽る行為に対して自分の良心が許すかどうかの話だ。

その前にこれだけはやっぱり聞いておきたい、と架純は思った。

「私、看護師さんたちが噂をしているのを聞いてしまったんです。理人さんに縁談がきているのだと……」

架純がそう言いかけると、理人は思い当たる節があるらしくすぐに申し訳ないような顔をする。

「たしかに、それは事実だ。君を引き込むことを優先にするばかりへたな言い訳をしてすまなかった」

理人はそう言い添えると、観念したようにため息をついた。

「パーティーの場で来客から縁談話をされるのを避けるため、というばかりでなく、既に来ている院長からの縁談を断りたいという意味もあったんだ」

なるほど、ようやく合点がいった。そうであれば理由にも納得ができる。理人に寄せられる縁談を断るために、もうパートナーがいるのだと見せつけるため。

しかしもうひとつの懸念点がある。一族のパーティーと理人は言った。その場合、高辻家にも深く関わりがあると言われる十和田院長も参加するかもしれない。となると、その場に縁談の相手もいるのではないかと心配になったのだ。

「理人さんは、その方と結婚したくない……ということですか？　彼女もパーティーには出席するのでは？　パートナーを連れた理人さんを見たら傷付きませんか」

「関係者の出席はあるけれど、縁談の相手はそのパーティーには来ないよ。あくまで現時点では十和田院長の知り合いの、お偉いさんの娘さん……というだけだからね。そこは安心していい」

架純はそれを聞いてほっとした。誰かを傷つけることも、自分が傷つくことも、どちらもしたくない。それればかりか理人が縁談を断るつもりにしていることに対して、思いきり脱力するくらい安堵してしまっている。

「とにかく、君にしか……頼めないと思ったんだ」

頬がうっすらと上気している彼に、キュンと胸の内が締めつけられて、架純は墓穴を掘ってしまった、と思う。

君にしか……だなんて、そんなふうに言われたら今さら断ることなんてできそうにない。好きな人の力になりたい気持ちはある。

迷いはあるが、彼がすぐに身内にきちんと説明するというのなら問題はないだろう。

「構いません。そのパーティー、理人さんの婚約者として参加させていただきたいと思います」

気付いたら架純はそんなふうに自分から申し出ていた。

「……いいのか？」

「理人さんには今までたくさん支えてもらいました。だから私はずっと恩返しがしたいと思っていました。今回のことはその機会を与えてもらったのだと思うんです」

「いや、俺は、そういうつもりでは……」

理人は何かを言いかけては口を噤んだが、最終的には納得したように頷いてみせた。

「君の気持ちは素直に受け取ろう。引き受けてもらえて助かるよ。ありがとう」

「はい。お役に立てるようにがんばりますね」

架純が声を弾ませると、理人は目を細めるようにして架純を見つめた。

理人はそれからまた何かをしきりに言いたげにしていたが、言葉を紡ぐ代わりに、彼の細長い指先が架純の白い頬をするりと触れて離れていった。

まるで切れかけた縁の、ささやかに光を放つ細い糸を、そっとやさしく手繰り寄せるかのように――。

そんなふうに感じてしまうのは、架純の中にある願望のせいかもしれない。

一度は離れてしまった縁。繋がらなくなってしまった関係。

たとえ脆くて儚いものだとしても、また彼と一緒にいられる夢を見ることができる。

今はただ……その仮初の縁を大事にしたい。そう思ったのだ。


六月初旬。しとしとと降り続く雨の日。架純は理人と共にタクシーに乗って件の高辻一族主催のパーティー会場に向かった。

豪奢なシャンデリアが吊るされた絢爛な大広間には、数百人規模の来客が集まっている。

こんな大きなパーティーに参加するのはいつぶりだろう。気を抜くと圧倒されてしまう。

架純は会場内にいる人々を見渡した。

高辻家主催と言いつつ異業種交流を掲げたパーティーのようだが、理人の父は国会議員で兄は議員秘書をしているので、政財界のパイプを繋ぐという目的もあるのだろう。

会場の中には、良家の子息ら、大企業の代表ら、経済界、医療業界、法曹界、各界を代表する重鎮たちの姿が見られる。その中には同伴者を連れた若い人達がいて、彼らはいわゆる社長やCEOのジュニアと呼ばれる御曹司たちとそのパートナーかもしれない。華やかな装いの女性がちらちらと理人を見ている。この中では同伴者がいた方が自然かもしれない、と架純は思う。独りでいたら、あっというまに捕まってしまいそうだ。

しかしあまりに多くの人に囲まれると、緊張で胃が痛くなってくる。きちんと薬を飲んできているし何より傍には頼りにしている理人がいると思うと、それが気持ちの支えになっていた。

（理人さんのお役に立てるようにがんばるって、引き受けたんだもの……）

改めて自分を鼓舞して奮い立たせる。淑女らしく品のいいドレスに身を包んだ架純は動揺しないように背筋をすっと伸ばした。

しかしその一方、なるべくヒールの低い靴を履いてきたつもりが、緊張のあまりに不安定にぐらついているように感じてしまう。

気持ちで負けないように奮い立たせつつ、うまくいかない自分にもどかしく思っていると、隣からすっと理人が左腕を差し出してきた。

「俺に掴まって。寄りかかるくらいして構わないから」

「は、はい」

理人に言われるがまま、みっともなく見えないように気を配りつつ彼に寄り添って腕を絡ませた。

理人がぐっと腕を引き寄せてくれたおかげで安定感が増した。何より彼がすぐ傍についていてくれると思うとほっとする。

思わず理人の方を見ると、スーツ姿の彼は格好がよくて、いつもの病院にいる医師であるときよりもサラッと自然に流れた黒髪が綺麗で、彼の凛々しい精悍な顔つきを美しく魅せていた。その彼の艶のある眼差しや横顔にもドキドキした。

見惚れている場合ではないとわかっているけれど。

視線を感じたらしい理人が気付いてこちらを見る。架純はうっかり見すぎていたことを反省したが、彼はなぜか満足げに微笑んで、まるで宝物でも見つけたみたいな顔をした。

「やっぱり、君に頼んで正解だったよ」

「え?」

「とても綺麗だ。この会場の誰よりも」

「……っだって、理人さんが素敵な人ですから。見劣りしないように……しないといけませんから」

そんなふうに言い訳をしたら許してもらえるだろうか。この場なら。

理人がふっと口元を引き上げる。

「ありがとう。もちろん、いつも君は素敵だけどね」

架純は頬や喉のあたりにまとわりつく微熱のような火照りを感じながら、彼に寄り添い続けた。

それからしばらく来賓に挨拶されるたびに理人の隣で笑顔で応対していた架純は、そのうち理人の父である高辻正臣《まさおみ》の姿を見つけた。

架純も正臣にはしばらく会ってないとはいえ有名な国会議員の顔くらいはわかる。

それに、やはり親子だ。理人は正臣によく似ていた。

向こうも理人と隣にいる架純の存在に気付いてやってくる。無論、相手が〝久遠架純〟とはわからないはずだ。連れてきたのは一体どんな女性なのかと聞かれるかもしれない。

その心の準備をし、合流してすぐに理人が架純を紹介するように動いたときだった。

「父さん、彼女を紹介するよ」

そう、理人が紹介してくれようとしていた。そしてすぐに、はじめまして、と口にするつもりだった。

けれど、先に驚いた相手の表情につられて、架純は言葉を止めてしまった。

「理人、待ちなさい。彼女は——久遠の家の娘さんじゃないか。同伴には婚約者を連れてくると言っていただろう。十和田院長の姿もまだ見えないようだが……これはどういうことなんだ？」

その場に緊張が走った。

いきなり婚約者として紹介されれば、驚かせるということくらいは想定していた。

問題なのは相手が架純であることがひと目でわかってしまったことだ。正臣は架純の顔なんて覚えていないだろうという話を理人にされたが、思いのほか正臣の記憶にあったみたいだ。

どうしよう、と架純は焦って隣にいる理人の方を見上げた。しかし彼の方は動じる様子がない。彼の中で何か策があるのだろうか。ひとまず架純は静かに動向を見守ることにした。

「父さん、先日の縁談の件は、十和田院長としっかり話をして断りました。今日、十和田院長とお会いしたら改めて謝罪するつもりです。それから……父さんの仰る通り、架純とはかつて破断になった経緯がありますが、俺は彼女を愛しているんです。祖父同士のことはもう昔の話です。俺は、架純と結婚します」

愛している、という言葉や結婚するという言葉は、架純には嘘だとわかっていても理人の口から紡がれるそのセリフに勝手にときめいてしまう。

それが本当だったらどれほど幸せなことか。結婚すると宣言した彼の態度にも心を揺り動かされていた。鼓動はどくどくと早鐘を打ち、目頭や頬にもうっすらと熱を帯びていく。夢なら醒めないでほしい、と心の中でつい願ってしまう。

そのとき、理人がぐっと架純の肩を抱き寄せた。弾かれて驚いた架純のさらなる恥じらいが功を奏したのか、正臣はふたりを追及するのを躊躇ったようだ。

「……だが、しかし」

正臣が勢いを落としたのを見計らい、理人が声を潜める。

「父さん、我々の関係について不満があるのなら、このパーティーが終わったあとで話を聞きます。この場では、兄さんたちに華を添えるということで納得していただけませんか。今の彼女の姿に不満はないでしょう」

架純は美しく着飾っていた。今でこそ大きな屋敷に暮らすような令嬢ではなくなってしまったが、それでも誰かの真似ではない過去の自分のことなら簡単に演じることはできるのだ。良家の令嬢らしく品のある振る舞いを。

「……ま、まあ、いいだろう。しかし架純さん、くれぐれも御身体の方を大事にしてください。この会場で何かあれば大騒ぎになりかねませんからね」

暗に余計なトラブルを起こしてこの場に泥を塗るような真似はするな、と釘を刺してきたのだろう。正臣は架純がかつて心臓発作を起こしたことについても覚えているらしい。

「万が一、体調に変化があっても、俺が傍にいれば何も問題は起きないようにする。そこは安心してほしい」

「ああ。くれぐれも頼んだぞ。おまえのことは頼りにしているんだ。今日は特別に大事な場だからな」

念を押すように正臣が言う。理人に目配せをされ、架純は用意していた言葉を丁寧に紡いだ。

「このたびは突然のお話で、驚かせてしまい申し訳ありません。お気遣いまでいただきありがとうございます」

「うむ。理人、しっかり案じてやるようにしなさい」

「はい」

正臣は父の顔から普段の国会議員らしい貫禄を取り戻し、彼に従う秘書を引き連れて架純たちから離れていく。その途中で賓客に声をかけられた正臣は大仰なくらいの輝く笑顔で挨拶を繰り返しているのが見えた。

「……架純、次は兄さんたちだ」

ホッとするまもなく声をかけられ、架純は慌てて意識をそちらへ向けた。

理人の兄である來人がにこやかに声をかけてきた。

「理人、驚いたよ。ふたりが婚約したなんて。よく父さんを説得したな」

と、來人が架純の方に微笑む。その表情は父の正臣よりもずっと理人に近く、見目がクールな理人よりもやわらかな印象があった。

「兄さん、ご無沙汰しています。まあ、こういうことです」

「隅に置けないよ。まったく」

　來人が軽やかに笑う。

　ふと、來人の隣にいる女性に目を奪われる。

「ああ。こちらも紹介するよ。僕の婚約者だ」

「初めまして。園崎麗奈《そのざきれな》と申します」

　來人の傍には目鼻立ちのはっきりした美人が寄り添っていた。

「ご無沙汰しています、麗奈さん」

「理人さん。お久しぶりですね。そちらの御方は？」

　彼女は架純の方を見て微笑む。

「彼女は僕の婚約者《フィアンセ》です」

「……架純と申します」

　あとのことを考え、念のため久遠という姓は口にしなかった。

「架純さん。とっても可愛らしい御方だわ。お名前も素敵ね」

「來人さん、麗奈さん、このたびはご婚約おめでとうございます。これからおふたりに多くの幸せがありますように」

　架純は粛々とふたりにお祝いを告げた。

來人と麗奈は嬉しそうに微笑みを交わし、それから理人と架純に向き直った。

「ありがとう。この先、我々も長い付き合いになる。また場を設けて交流しようじゃないか」

「お姉様」

年若い女性の声が聞こえ、一同がその主の方を向く。

淡い小花模様をあしらったシフォンワンピースを着た女性の姿があった。

「私の妹の美玖《みく》です」

麗奈が紹介すると、美玖はにこりと上品な笑顔を見せた。甘い砂糖菓子を思い起こさせる愛らしさがある。それから、さっきと同じように一同がお互いを紹介し合う。

「――それじゃあ。君たちも式を挙げるときはちゃんと教えてくれよ」

來人は朗らかにそう言うと麗奈を気にかけつつ離れていった。彼らもまた挨拶回りに忙しいのだ。妹の美玖がちらりとこちらを振り返る。架純が頭を下げると、彼女は憐憫を含んだ眼差しを架純に向けたあと踵を返した。

（……何かしら？）

「架純」

理人が目配せをする。架純は頷いてみせた。

やがて壇上での演説がはじまると、皆がそちらの方へと視線を映す。誰も、理人や架純の方を気にかける者はいなくなる。

「……少し抜けよう」

理人に耳打ちをされ、架純は頷く。

長い時間、知らない大勢の人の波に囲まれていると、緊張で息苦しかった。顔から血の気が引いていく感じがする。理人はそれに気付いてくれたらしい。

大広間から抜け出し、ふたりはロビーに移動する。

扉の向こうから演説の声がくぐもって聞こえ、拍手がわきおこっているのがいくらか聞こえてくる。

喧噪から逃れたふたりはそれぞれがため息をつく。そして隅の方のソファに隣同士に座った。

「体調は大丈夫か？」

「はい。平気です。お役目は無事に果たせたでしょうか？」

「ああ、助かったよ。最後に兄さんたちの紹介のあと、親族の席の方に俺と一緒に控えてくれればいい」

「わかりました。それが終われば、任務は完了ですね」

あと少しがんばらなくては、と架純は気分を入れ替える。

すると、ソファの肘当てにおいていた手に、理人の手が重ねられた。弾かれたように架純は理人を見る。彼の視線は重ねた手の方へと注がれていた。

「まだ、終わらないよ。これから先も、君は……」

「え……」

消え入るように呟いたあと、理人が目線を架純の方に戻した。その表情があまりにも真剣だったのでドキリとする。重ねられた手にぎゅっと力がこもった。

「婚約発表のあとは結納だってある。彼らが結婚するまで、君には俺の婚約者として傍にいてもらいたい」

その意味を架純は一瞬固まって整理した。今日は理人に頼まれたとおりに、架純は彼の婚約者の役を努めた。

想定していた場面とは少し違ったけれど、あとですぐに種を明かし、架純は解放される予定——だったはず。

結納がいつかはわからないが少し先になることだろう。そして結婚式だって数ヶ月後かもしれない。

「え、待ってください……」

今日が終わったら済む話だと思っていた。そんな長期的な計画だなんてまったく考えていなかった。

しかし動揺する架純の言葉を封じるように理人が続ける。

「今さら他に代役は立てられないのはわかるだろう？」

理人の折れない姿勢に、架純は唖然としたまま彼を見つめて脱力する。

「ダメかな？」

窺うような甘える瞳は、母性本能をくすぐるような類のもので、架純をますますうろたえさせた。いつも年上の余裕のある医師の姿を見ているだけに、そのギャップに架純は参っていた。

「理人さんって」

こんな策士だったなんて。そしてこんなに強引な一面があったなんて知らなかった。

理人のためにと思い、彼の言っていたことを信じてついてきたのに、さすがに説明をあと回しにして後出しで要求することを増やすなんて自分勝手ではないだろうか。

架純は思わず文句のひとつを返したくなったが、理人に頼られるような、甘えてこられるような顔をされてしまうと、たちまち戦意喪失してしまう。

それどころか、架純自身が自分の感情の置き場に一番困っていた。今日で終わりではなくまだ理人と一緒にいられるのだと思うと、受け入れてしまいたくなるのだから。

（ダメ……流されないで）

仮初の関係は、短い時間だからこそ成り立つもの。

泡沫の夢は、すぐに終わるべき。

そうでなければ、長い夢のあとに思い知る現実に辛くなるだけだから。

（そうよ。断らなきゃ……）

焦燥に駆られるように架純が唇を開こうとすると、理人が次の策略をしかけてくる。

「君にしか頼めないと言ったこと覚えている？」

そう問いかける声はまたいちだんと甘い。いつから彼は医師ではなく詐欺師になったのだろう。よっぽどそう言ってあげてしまいたくなった。

「……っそんな、ずるいです」

「まだ、君に頼みたいことすべてを打ち明けていないんだ」

そう言って縋るように困った表情を浮かべるのも、完全に架純の気持ちを試している。だんだんと架純は泣きたくなっていた。

「それもずるいですよ」

「今ちゃんと言うよ」

「あ、後出しでは許可できるかわかりません」

次から次へと後出しされる要求を聞き入れていたら身がもたない。

もう、耳を塞いでしまおうか、と思ってしまった。でもそれは遅かった。

「これから、君の負担が増えないようにするから、俺の婚約者として一緒に暮らしてほしい」

架純は目を丸くする。どんどんエスカレートしていく要求にただ茫然と唇を動かすだけで、そこから何も言葉にならない。

目を白黒させながら、架純は自分の状況をひたすら整理しようとしていた。

しかし。

「で、でも、家政婦の町田さんがいるし……」

混乱しすぎて見当違いなことを口走ってしまう始末。違う。そうではない。

「と、とにかく困ります。どうしてそんなことになるんですか。すぐに説明をしてくださるのではなかったのですか?」

大体一緒に暮らすことの意味がわからない。仮初の婚約者というのはそこまでするものなのだろうか。必要な場面でその場しのぎの対処をする役というカムフラージュでは済まないということなのだろうか。

「もちろん、父さんや兄さんにはいずれ話をする。だが、身内はよくても対外的にね。きっともう今頃色々言い触らされているだろうし」

「そ、そんな……」

そうだ。たとえ理人が黙っていたとしても社交的な彼らが何も口にしないでいるという確証はない。

「だから今の今、婚約者の代わりを演じているということを悟られたら困るんだ。よそよそしくしていれば怪しまれて調べられてしまうかもしれない。結婚に向けて準備をするために一緒に暮らしていれば疑われることもないし、そういう行動を起こされる心配もない」

「そこまで徹底しなければならないんですか」

理人はただ頷き、話を次々に進めていってしまう。こういうのを外堀を埋められるというのではないだろうか。

「無論、君が家を留守にしたままでは困るだろうから、家政婦の方に留守番を任せてはどうだろう。その分の報酬は俺が負担する。或いは、食事と掃除を頼んでもよければ、うちに来てもらう契約に変えてもいい」

きっと物理的には理人の言ったことは叶えられるかもしれない。架純にだって仕事があるとはいえ在宅でパソコンがあればどこでも作業はできる。
（……っそんなこと考えちゃダメ）
　このままでは丸め込まれてしまう。
だから、架純は思わずといったふうに声をあげた。
「それじゃあ、転院を決めた意味がないじゃないですか」
隠していた秘密をうっかり口走ったことに遅れて気付いてハッとする。
（やだ、私……今、なんて言った？）
架純は頭が真っ白になってしまった。
理人だってさすがにその話題に持っていかれるとは思わなかったはずだろう。
驚いて目を丸くした理人の顔を見て、架純はそこから必死に言い訳を考えるけれど、
混乱に混乱を極めている今ではいい案など導き出せるはずもなく――。
「転院するのをやめたらどうかな」
ぽつり、と理人が言う。
その言葉に、架純は思わず息を呑んだ。
「君が転院しようと思った理由は？」
寂しそうな理人の表情を見てしまえば、架純の心はあっけなく揺れてしまう。

「そ、それは」

「好きな人を作りたい？　本当は他に好きな人が？」

懇願するその声はひたすら切実な響きを添えて架純の胸を打ち、漣《さざなみ》を引き連れて押し寄せ、やがて架純の心を丸ごと攫《さら》おうとする。

「待ってください。先生」

溺れてしまわないように息を吸って、架純はやっとの思いで拒絶の声をあげた。

「今は先生じゃないよ」

重ねていただけの手が指を絡めるように握られてしまう。どこにも逃げられないように縫い留められてしまった。

「理人さん……」

抗議の意味で彼の名前を呼んだ。けれど、ますます甘い応酬に搦《から》めとられるだけだった。

「そんな可愛い目で睨んでも逆効果だってわからないかな」

「もうっ。意地悪すぎます」

「意地悪なのは君だよ」

「……どうして私が意地悪なんてするんですか」

「俺が、君に離れてほしくないと思っているのに、離れようとするからだ」

切々と告げられたその言葉と熱を帯びた表情に、心臓をそのまま直接握られたような衝撃が走った。

「……っ」

それはまるで告白のようにも感じられてしまい、瞬く間に息ができなくなりそうだった。

（……先生は、理人さんは……私を助けたいの？　このままじゃすぐに私、死んじゃうわ）

理人はそういうつもりで言ったのではないのだとしても、架純に離れてほしくないという彼の想いが、架純の胸の内側の芯をぐっと熱くさせた。

「あの日、転院を考えていると君が言い出したとき、もっとちゃんと話を聞くべきだった。ごめん」

「そんな……私の方こそ、そっけない態度をとりました。ごめんなさい」

言い合ってから少しだけやわらかな沈黙が横たわった。

「君はきっと俺の負担にならないようにと考えたんじゃないか」

「……はい」

もうひとつの理由を指摘されるのが困るから、架純はそれで返事をすることにした。

「だったら、転院はやめてほしい。俺は君をきちんと傍で診ていたいんだ。何も気にする必要なんてない」

「でも」

「俺の縁談の件だったら、もう君は本当の事情を知っただろう。他には理由が何かある？」

あるとしたら、あなたのことをこれ以上好きになってしまう前に離れなくてはいけないことです。

今までなら理人の負担になりたくないと思うだけだった。でも今は、自分が苦しくなるのが辛いと思ったからだ。

だから、離れたくなくても離れなくちゃと言い聞かせてきたはずだったのに。

これ以上、離れがたくなったらどうしたらいいというのだろう。こんなにも理人のことが好きで、どこにも行き場のない想いを持て余してしまっているのに。

慕る想いに喉のあたりが締まっていく。

理人への気持ちが溢れてこのままじゃ涙が出てしまいそうだったから言葉にせずに俯いた。

すると、頬を覆った髪にするりと理人の指が絡まる。カーテンのように一時しのぎでも溢れる気持ちを隠してしまいたかったのに。彼の指がこぼれた髪をそのまま耳にかけてしまった。

逃がさない、という強い眼差しに縫い留められ、架純は何も言えなくなった。せめて瞳に膜を張りはじめた涙がこぼれないように必死に持ちこたえるくらいしかできない。

彼はずるい。

否、ずるいのはどちらだろう。

自分の方ではないだろうか。

もしかしたらこのまま、ずっと彼の傍にいられるのではないかと期待する気持ちが膨らんでいく。

「結納までは二週間くらいだから、その期間だけは俺の傍にいてほしい」

結局、理人に望まれるままに架純は頷いて、彼と離れがたい気持ちを優先してしまった。

「よかった。とはいえ、先方には申し訳ないが……改めて俺の方からきちんと謝罪を申し入れておくよ」

ほっとしたようにやさしく微笑む理人の顔を見たら、心臓がまたそのまま彼に握られたみたいにきゅっと痛くなった。

この恋はつくづく矛盾だらけの痛みでできている。そしてもう抗うことはできそうにない。

どうかあと少しでいいから、もう少し泡沫の夢の中に身を投じさせて。そんなふうに架純は願ってしまっていた。

悪いが、他の誰にも渡さない

結局、転院はとりやめることになった。

とりやめさせられたといっても過言ではないけれど。理人にあんなふうに迫られたら架純の心境としてはもう拒めるはずがない。

あんなに悩んで転院を決めたはずだったのに、つくづく自分の決断力のなさに呆れてしまう。

それもこれも理人のせい……否、理人に惚れた弱み。彼に赦されてしまうと、架純は甘えてしまいたくなる。それをどうにか押しのけなくてはならなかったのに。

交換条件のように仮初の婚約者を続けることを望まれ、架純はそれを呑むことになった。

（高辻先生は交渉上手……）

何かのタイトルみたいなキャッチフレーズが頭の中に流れていく。と同時に王の冠をはめた絶対王者の彼の姿が思い浮かんだ。

そんな益体《やくたい》もない現実逃避をしても意味がない。現実は自分が考えていたものとは別の世界に変わっていこうとしている。

先日、町田を説得しに理人が頭を下げにきた。母代わりに架純の面倒を見てくれている家政婦の町田に話をするのが筋だと、彼はスーツに身を包んで菓子折りを携えてきたのだ。

そのとき、事情があって二週間ほど一緒に暮らすことを許してほしい、と理人は正直に告げた。無論、架純も了承していることだと理人をフォローした。

さすがに反対されるかと思いきや、しかし町田は驚いた様子は見せなかった。普段の架純の様子から薄々察していたところがあったのだろう。

応接室で対応した際に、町田は覚悟を決めたように言った。

『架純お嬢様がそう決めたことなら私は従うほかにありません。お嬢様はもう二十六歳……大人の女性なのですから』

交渉では、転居先が理人が暮らしているマンションで、十和田総合病院に近いというところもポイントだった。たとえ理人が忙しく架純に構えない時間何かあってもすぐに対応してもらえることを理由に加えた。

そうして架純は理人の元へ行くことになったのだが――。

引っ越し……といっても、持っていくものとすれば仕事の道具と少しの着替えと普段家にいるときに使うものがいくつかあるくらい。理人のマンションと自宅の家は、必要があればすぐに取りに行ける距離だ。

　つまりそれ以上架純が迷う暇はなく時間稼ぎをすることさえできないまま、架純はすぐにも理人のマンションの部屋に身を移すことになったのだった。

　引っ越し当日は、理人が車で迎えにきた。そして彼は玄関先にまとめていた架純の荷物をトランクに積み込んでくれた。

『こちらの家の留守番はしかと任されましたので、二週間といわず、寂しく感じたらいつでも戻ってきてくださいませね』

　見送りの際の町田の頼もしい言葉に、架純は頷いた。架純だってしばらく町田と会えなくなるのは寂しい。ひょっとしたらホームシックにかかって顔が見たくなってしまうかもしれない。

　だが、隣にいる理人の絶対王者的な空気からはそう簡単に戻してくれなそうな気配が感じられたのだった。

（理人さんが……こんなにも強引なタイプだったなんて知らなかったわ）

　だが、それは決して負の感情ではない。理人が架純を離そうとしない独占欲を向けてくれることには、架純はむしろ嬉しいとさえ思っていた。理人とは仮初の契約を結んだだけで架純は彼の本物の婚約者ではないけれど、それでも彼が心を許して頼める相手が自分なのだと思うと、こんな自分にも少しだけ自信が湧くのだ。

——そんな紆余曲折を経て、架純は理人のマンションに移り、たった今、引っ越しは完了した。

トランクに積んでいた大きめの荷物は理人に上まで運んでもらい、その荷物はひとまず隅の方に寄せたままマンションの部屋で一段落をしているところだ。

少し外に出たくらいで汗ばむくらい、今日は暑かった。六月上旬にしては夏日になったらしく気温が三十度も超えていた。

一仕事を終えてリビングのソファに座ると、理人が用意してくれた冷たい麦茶をいただいて喉を潤した。彼も架純の隣に座ってグラスを手に持つ。

「疲れた？」

「……少し。環境が色々と変わりすぎて」

本当に、この間ようやく理人から離れるために転院を決めたばかりとは思えない。まさかその正反対の状況……彼と一緒に暮らすことになるなんて、当時の自分は想像することができただろうか。目まぐるしい変化に気持ちがついていけていないというのが本音だ。

「体調の方はどう？　落ち着いているかな？」

「それは大丈夫です」

「定期健診は引き続き、俺が診るからそのつもりで」

強引で俺様な部分があることはもう充分理解できた。

「わかってます」

架純が頷くと、理人は納得したように微笑んだ。きっと彼はこの先ずっとそれ以外は受け入れないつもりだろう。

何だか子ども扱いされた気がしてならない。それにすべて理人の掌で転がされているように感じて架純は思わずむっとして膨れてしまいたくなったが、それでは本当に子どもっぽいだけなので肩を竦めるだけに留めた。彼の掌で転がされているのは事実。

甘んじて受け入れてしまったが、理人の兄である來人とその婚約者の麗奈が結納を済ませるまで、という期限付きの契約であることに変わりはないのだ。架純はそのあとのことをまた考えていかなければならない。

でも今は少しそういう雁字《がんじ》搦《がら》めな思考からは離れていたかった。

「そうだ。兄夫婦の結納の日取りが決まったよ」

麦茶を飲み干してから、理人が言った。

「いつですか？」

「以前に伝えたとおり、二週間後の六月下旬。ちょうど日曜日の大安の日だ」

具体的な日程を意識すると、やはり架純は緊張を覚えてしまう。

「私、ちゃんとやれるでしょうか」

「俺の傍にいてくれればいい。結納が終わって会食が済めば、あとはすぐに解散だ」

理人はそう言うけれど、言葉で済ますだけの時間ではないはず。

「不安なら、やることはひとつだよ」

そう言い、理人が架純の手を引き寄せた。つられて架純は顔を上げる。

「俺たちには婚約した恋人らしく……親密に見える雰囲気が必要だ」

「えっ」

たしかに婚約した間柄なのだから、今は恋人の関係を意識した雰囲気を作るというのはあながち間違いではない。けれど。

「もっと親密にならないと。本物の婚約者らしく……いずれ夫婦になるふたりをイメージするように意識して」

熱っぽい眼差しを注がれて、ドキリとした。その言葉の意味を測りかねて戸惑っていると、理人が何か思案するような顔をする。

「デートは何回かした。一緒に暮らすことにした。さて、次は何をしようか」

理人は言って架純の頬に手を添えた。グラスを持っていたからか指先がひんやりとして心地よく感じた。しかし彼の見つめる瞳の中には燃えるような熱がある。

やがて理人の表情は冗談まじりでも意地悪まじりでもなく真剣なものに変わっていく。

ふっと訪れたやわらかな沈黙に、何か特別な甘い雰囲気を感じて、架純はどうしていいかわからなくなってしまった。

仮初の婚約者を引き受けたのは自分。怪しまれないように本物の婚約者を演じられるように一緒に暮らすことを承諾したのも自分だ。恋人っぽく過ごすことを望まれることだって想定できたはずだ。

覚悟はちゃんとした。

だが、演じる以前に、架純の中にある本物の恋心が溢れてしまわないだろうか、と不意に心配になってしまったのだ。

「……っ」

目頭が熱くなる。彼への気持ちが募る一方で、胸が苦しい。

「なんでそんな泣きそうな顔をするの」

と、理人が困ったように眉を下げた。

「泣きそうにはなってません。強いて言うなら、のぼせそうになっているだけです」

「のぼせるのは少し早いんじゃないかな」

理人はくすりと笑った。

「だって、ずるいです」

「君は、自分の意思で引き受けてくれた。仮初とはいえ、俺の婚約者になったわけだ。つまり君は……俺のものだ。正当な理由になると思うのだが」

言っていることはだいぶ傲慢なのに、見守るような目を向けられ、架純はいたたまれなくなる。

それに、過保護な顔を覗かせている割にはうっすら浮かんでいる表情が意地悪だ。

思わずといったふうに架純は彼に抗議した。

「理人さん、顔が意地悪になってます。わかってますよ。私が自分の意思で引き受けたんです」

きっと理人を睨む。だが、彼には効果がなかった。それどころか、彼が楽しんでいるのを見れば、逆効果ともいえるかもしれない。

「そうだよな。だから、頬にキスをするくらいは赦してほしいかな」

うろたえている間にも、理人が架純の額に唇を寄せてきた。それから流れるような仕草で頬にキスをする。

額の次は頬に……あの日よりもさらに進化していた。しかし理人にからかわれないようにこれは挨拶なのだと架純は思い込むようにした。

でも頬へのキスが耳朶へと移ったときには声を我慢することができなくなっていた。

「んっ……っ」

耳朶から首筋へ。そんな理人にされるがままになっていると、理人の唇が耳の傍に一旦戻ってきて、囁くように誘ってきた。

「……可愛い声を聴かせてくれるのも嬉しいけど、婚約者の君からもしてくれないと」

その声音はぞくぞくするほど艶っぽくて甘い。架純はもうそれだけで何かの軟体動物かのように腰が抜け、ふにゃりと蕩けてしまいそうだった。

「ほら……君の方からもして」

「ど、どうしてっ」

「可愛い君に求められるのは、俺が嬉しいから」

理人はわかってやっている。架純が理人に求められることを望んでいるのを知っているに違いない。

「架純……」

(だめっ……もうそれ以上、囁かないで!)

怒涛の溺愛攻撃に、今度は本当に泣きそうになってしまった。仮初の婚約者にこんなことをするなんて聞いていない。

でも理人は引き下がる気はないらしい。もうとっくに架純は彼の築いた疑似世界の中に引きずり込まれてしまっていたのだ。抵抗するのは無駄だと思った。

架純はおずおずと彼の顔を見つめたあと、彼をもうそれ以上直視しないように思いきって目をつむって彼の頬にキスをした。

ほんの一瞬、軽く触れただけ。それでも少なくとも勇気は一年分込めたと思っている。

離れてからすぐ火を噴いたように顔が熱くなっている自覚があった。きっと理人から見た架純の顔は真っ赤にゆで上がっていることだろう。

ふっと理人が笑みを零す。

「本当に、俺の恋人は可愛い」

普段の医師である理人のクールな感じとはまた全然違う、砂糖をたっぷり込めるような甘い声でそんなことを言うものだから、架純は本当にくらくらとのぼせて倒れ込んでしまった。

「っと、架純？」

理人が慌てて架純を支えて顔を覗き込んでくる。そんなふうに名前で呼ばれること
にもドキドキしてもう何が何だかわからない。

「知りません。理人さんのバカ……バカ、バカ……」

架純はそう繰り返すだけ。完全にキャパオーバーだった。子どもみたいな言い分で
しか反論できない。

ふにゃりと力が抜けた架純を、理人がばつの悪い表情を浮かべて抱き上げた。

「ごめん。俺は別に君で遊んだつもりはなかったんだが……本音を言うだけでも意地
悪になるのか。参ったな」

攻めすぎたと思ったのか、理人は甘いため息をつく。それすらも溺愛攻撃の一手と
なりかねない。

架純は思わず彼の口を手で塞いで、目隠ししてしまいたい衝動に駆られてしまう。

「もう、何も言っちゃダメです。禁止」

「……はい。口をきいてもらえなくなるのは困るから、わかった。しばらく黙るよ」

理人は笑って架純をソファに丁寧に下ろしてくれた。それから彼はキッチンの方へ

と行き、冷蔵庫を開いたらしい。

「冷たい飲み物……また用意するよ。待っていて」

　テーブルの上に置いてあった空いたグラスは彼の手に回収されていく。架純はドキドキとした鼓動を感じながら火照った頬を手であおぎつつ、理人の背を目で追った。

氷がカランとグラスを鳴らす音が聴こえる。キッチンに立っている背の高い彼を見つめていると、不思議な気持ちになってしまった。

夢ではない現実。

それでも泡沫の夢には変わりない。

さっきの甘いやりとりだって本物ではない。ただの演技。仮初の恋人同士。契約で結ばれた偽者の婚約関係。婚約だって契約のひとつだけれど、その意味は天と地ほどの差があるもの。

そう思えば思うほど、身体を支配していた熱はだんだんと逃げていく。代わりにこみ上げてくるのは彼をひどく恋しいと思う気持ちだった。

「お待たせ」

理人が持ってきてくれた飲み物に、架純は一瞬にして目を奪われた。

鮮やかなマゼンタ色の波がグラスの中で揺れている。ハイビスカス或いはローズヒップだろうか。上に乗せられた輪切りのレモンスライスには艶があった。あらかじめシロップ漬けにしてあったもののようだ。少しだけ炭酸が含まれているのか、静かな気泡がふわふわと上がっていく。表面にそっと緑色のミントが添えられているのも綺麗だった。

「綺麗……」

架純は人魚姫の世界みたいな水族館のことを思い出していた。

理人がくれるものは全部、綺麗で美しい。彼が大事にしてくれる気持ちが伝わってくる。それがたとえ本物の愛ではなくても、架純にはとても嬉しいと感じてしまう。

(だって私は理人さんのことが好きだから……)

「落ち着いたかな？　大丈夫？」

「……大丈夫じゃないです」

困ったな、と理人は笑う。

彼の愛着を込めた笑い声も、ちょっと髪を手でかき上げる姿も、視線を落としたときに見える長い睫毛も、彼がまとう清潔な香りも、グラスを持つ骨張った手も、命を救ってくれたその指先も――。

全部、全部、理人の存在の何もかもが……好き。

一緒にいればいるほど、どんどん重症になっていく。そんなことわかり切っているのに、断る術だってあったはずなのに、自分から飛び込んでしまった。

こみ上げるものが止められなくなっていた。架純は隣に座った理人の袖を引っ張って、無防備になりかけていた彼の頬に、自分からやり直しのキスをする。

「……っ」

理人は目を丸くした。意表を突かれたというような、驚いた顔をした理人を見られたので、架純は満足だった。

「仕返しです」

架純は顔に熱いものを感じつつ理人に反論させないように言った。

「本当は……」

理人が何かを言いかけた。

「……本当は？」

「いや……」

と、彼は肩を竦めるだけだった。

続きの言葉が紡がれる前に、架純は彼の腕の中に閉じ込められていた。

「……架純」

「は、はい」

「引き受けてくれてありがとう」

「……はい」

「俺も、君を助けたいよ。これから先も、ずっと」

その言葉の意味をあえて問うことはしない。理人の想いが嬉しくて、架純は両手を伸ばして彼の背にしがみついた。

ニセモノの恋人同士でも、泡沫の時間の中ではホンモノでありたい。そんなふうに願いながら目を閉じる。

しゅわしゅわとした炭酸水が弾ける音が遠くで聞こえた。理人が架純にくれた綺麗なものたち。生きる希望を見失い、寿命に怯えながら暮らす架純にとって、灰色に染まりかけた心を彩ってくれる素敵なものたち。

あのマーメイドが水面を見つめたときに揺れる波からこぼれる光の泡がきらきらと瞼の裏に輝いては儚く消えていった。

架純が理人のマンションで暮らしはじめてから一週間が経過した。

理人はいつも通りに出勤していて、相変らず不規則な生活だったので、架純はすぐ近くのスーパーに通い詰め、毎日彼のためにお弁当作りに励んだ。

心配して連絡をよこした町田とテレビ電話で繋がりながら料理のレッスンを受けつつチャレンジしたものの、最初はダークマターの連続。

『そちらに伺いましょうか』と言われたが、それでも自分ひとりでやれることに意味があると宣言した。

ダシ巻き卵はふっくらした形に仕上がり、ちょうどいい塩梅で味の染みたものができるようになったし、町田がよく作ってくれたオーソドックスな煮物や和え物などのレパートリーも少しずつ増えていった。

『一週間でそれなら上出来ですよ。味見させていただけないのが残念です』

町田は少しだけ寂しそうに言った。

『理人さん、美味しかったって言ってくれてるわ』

『町田は羨ましいですよ』

そんなおだやかな時間に心が満たされていくのを感じていた。

医師として忙しい理人と一緒に過ごせる時間は思ったよりも少なかったが、彼と過ごせる束の間の時間には、また甘い溺愛攻撃を浴びることになり、架純の日常も日々忙しく充実するものになっていた。

件の結納の日まで残りあと一週間――。

今日の午後、架純はチャット友達のハルと会う約束をしていた。

彼女が会って話がしたいと言い出したからだった。架純は少し悩んだ。ネット上で繋がった相手と会うということはリスクを伴うもの。けれど、せっかくできた縁だと思うと無下にはできなかった。それに架純もハルには会ってお礼を言いたかったのだ。

ハルは今までひとりぼっちだった架純のために色々と相談に乗ってくれて話を聞いてくれた。そのことでどれだけ楽になって助けられたか。

そんな初めてのオフ会の待ち合わせ場所はハルが決めてくれた。

十和田総合病院近くの花屋とパン屋が見えるところ。なるべく人目につくところで安心できる場所。そんなふうにハルが言った。

彼女は日頃から相手を想い、気遣いのできる人なんだな、と架純は改めて感心した。

その待ち合わせ場所は、架純が通院しているときに到着するバス停やタクシー用のロータリーがある入口とは反対側で、入院病棟の方に近い道路沿いだったから、地図アプリなんかに頼らなくてもすぐわかる。

架純が約束の場に到着してあたりを見渡そうとすると、ひらり、と花弁が舞うかのように一枚の栞が足元に滑り込んできた。

美しい桜の模様が印字されたその栞に目を奪われて手を伸ばしたとき、横からとんっと誰かに触れ合う。

どうやら人が傍にいるのに気付かずにぶつかってしまったらしい。

「あ、すみません」

先にぶつかった相手の男の人の声がして、架純も慌てて謝った。

「こちらこそ、ごめんなさい」

とりあえず栞を捕まえて顔を上げると、男の人がほっとしたようにその栞へと視線を向けた。

「それ、オレの。大事にしてたやつなんだ。よかった」

「あなたのだったんですね。はい、どうぞ」

「うん、拾ってくれてありがとう」

大学生くらいか、或いは同じ年くらいか。さっそく読みかけの文庫本に栞を挿し込んだ。

目の前の色素が薄く線の細い彼に、少しドキリとする。それは無論、異性へのときめきというのとは違う。自分と同じように何かの病を知っている身体だと察知したのだ。

彼の傍からは幾つもの花の香りがした。まるでお花屋さんの中にいるみたいだ、と架純は思った。

桜の可愛い栞を持っているのを見ると、読書だけじゃなくて花も好きなのかもしれないと勝手に想像する。

そんなふうに感じてから架純はハッとする。彼が怪訝な表情を浮かべていたからだ。すぐに人を観察してしまうのは悪いくせだ。それじゃあ、と背を向けようとしたそのとき、彼に呼び止められる。

「ね、待って、もしかして、君がスミレ？」

なぜその名前を知っているのか、と架純が驚いて振り向くと、彼は屈託のない笑顔を向けた。

架純は反射的にこくこくと頷く。

「やっぱり！　何かそうなんじゃないかって思った。だって、アイコンのまんまスミレちゃんだからさ」

「えっ……待って。も、もしかして、あなたが、ハル⁉」

あまりの衝撃に架純は声をあげてしまった。

「正解。会えて嬉しいよ」

握手を求められるがまま無意識のままに応じてから、架純はハッとする。

「待って待って、えっと、私……混乱しているんだけれど、あなたって」

男の子に見える女の子、女の子に見える男の子。どっちがどっちか混乱した。

「男だよ」

さくっとハルが言い、肩を竦めた。

知り合って三年以上だというのに初めて発覚した新事実。

「えええええ！」

〝彼女〟だと思っていたハルが〝彼〟だったことに驚きを隠せない。

外見で人の性別を判断してはいけないという考えは持ち合わせている。けれど、ネットで知り合った相手だからこそきちんと確かめておかなければならない部分でもあると思う。

でもどう言ったらいいかわからずに唖然としていると、ハルの方が困ったように眉尻を下げた。

「まぁ驚くのも無理はないよな。騙すつもりで嘘をついて女の子のフリをしたつもりはなかったんだけど、言いそびれたままというか、誤解させたままだったのはごめん。

気の合う相手と話をしたかったし、チャット上だけの繋がりなら性別なんて明かさなくてもいいかと思ったんだ。けど、今さらだけど……こうして会うんだったら気をつければよかったね」

「わ、私の方こそ勝手に勘違いしてごめんなさい。アイコンが桜のハルだから女の子だって想像してた……」

まさかの展開に架純はまだ驚いていてどぎまぎしている。

「本名が近いからさ。スミレもそうなんじゃない？　言わなくても何となく雰囲気でわかるよ」

「えっと、お花が……好きなのね。ハルのその栞の桜、素敵だと思ったし、それからお花のいい香りがしたから」

「ああ、実はオレ、ここの病院近くの花屋でバイトしてるんだ」

「そうだったの！」

「うん。今日も朝と夕方シフト入ってて。朝のバイト終わってから来たんだ。それで花の匂いが移ってるんだと思う」

「そう」

そんな世間話をしてから、ハルが困ったような顔をした。

「その、スミレには直接会って話をしたいと思ったんだ。色々相談に乗ってたものの
ちゃんと伝わっているか自信がなかったから、心配してたんだ」

「そんな。謝る必要なんてないわ。私は、ハルに何度も助けられたもの」

「本当？　スミレのこと傷つけてない？」

「ええ。大丈夫」

「よかった！　スミレって本当に花みたいな女の子。オレが思ってたとおりの可愛い
お嬢さんっていう感じする」

ハルが屈託なく笑顔を咲かせる。

「そ、そうかしら」

頬に恥じらいの熱がぽっと灯った。

初対面の相手に感じた印象を腹蔵なく伝えられるハルは、きっと心根の素直な人なのだろう。彼のそういう気さくな雰囲気はチャットでやりとりをしていたままの印象だ。

「オレ、花屋で色んな人を観察しがちで、そういうの雰囲気で感じるんだよね」

朗らかに話をするハルを見ていると、チャット上の〝彼女〟だと思っていた〝彼〟は本当にそのままのハルで、性別を気にすることの方が間違っているように感じた。

それよりも、架純は改めてハルと会えたんだと、ようやく実感する。

「こんなところで立ち話してても疲れるよね。えっと、どうしようか。スミレがもしも不安ならオレはこのまま少しだけ話したら帰っても構わないよ」

ハルが申し訳なさそうに架純の様子を窺っている。彼の誠実な人柄に拒絶する必要はないように思えた。

「私もハルに会って話したいと考えていたから、もっとゆっくりお喋りできたら嬉しいわ」

架純がそう伝えると、ハルは満面の笑顔を咲かせた。まるで背景に桜が開花して見えるかのようだった。

「やった。じゃあ、近くのカフェでもいいかな。入ったことある？」

「いいえ。めったにこっちには来ないかも。反対側のバス停とかロータリー側ならあるけど……」

「そっか。あそこ、けっこう美味しいんだよ。あ、スミレお嬢さんがいやじゃなければだけど」

「ええ。パフェが食べたいかも」

「いいね。オレもパフェ好き！」

無邪気なハルに微笑んで、架純は彼に尋ねる。

「ハルはお花とかスイーツが好きなの？」

「まぁ、自然と環境がそうさせたっていうか……スミレも名前をつけるくらいだからそうでしょ？」

「そうね。お花もスイーツも色鮮やかで目を楽しませてくれるから」

「それと……」

「お腹も心も満たしてくれる」

「お腹も心も満たしてくれる」

同時に言って、互いに顔を見合わせて笑う。何だかハルとは初めて会った気がしなかった。ふたりの間に三年以上の友人関係が嘘ではなくリアルに継続していたことが証明された感じがした。それはまるで冒険仲間の大事なパーティーのひとりと再会したような、楽しい気持ちで満たされていた。

カフェに入ると、花火をつけたバースデープレートを前にしたカップルの姿が見えた。大学生くらいだろうか。彼女の誕生日をお祝いしているらしい。彼女は嬉しそうに頬を緩め、彼の方もそんな彼女が可愛くて仕方ないといった様子。微笑ましかった。

店員にお好きな席にどうぞと言われ、ハルと一緒に少し離れた空いた席に座る。

「ハッピーバースデーなカップル見たら、何か幸せのおすそわけもらった気分だな」

ハルが愉しげに言ってメニューを開く。架純は彼らの様子に目を細めた。

「私は……誕生日はお祝いするというよりもひとつ乗り越えたんだっていう気持ちになる方が多かったかな」

ほとんど独り言だが、思わずといったふうに架純は呟く。

するとハルが拗ねたような顔をする。

「なんだよ。それじゃあつまらないじゃん。もっと喜びなよ。その、好きな人にお祝いしてもらいたいとかないの？」

「それはもちろんあるけど」

「でしょ。スミレは大丈夫だよ。きっと長生きするから！」

「そうかな」

「うん」

「あの、聞いても大丈夫かな。ひょっとしてハルも十和田総合病院に通っているの？」

いくつもの点滴の跡や、ひょろっとした細い腕に気をとられ、架純はおずおずと尋ねる。

「まあ、ちょっとね。過去に入院してたことがある」

「スミレもひょっとしたらって感じてた。まあ、大きい病院で有名なところっていったらここだもんね」

「うん……」

「お互いにいつでもスイーツを満喫できるように、長生きしよう」

「うん」

疾患のことはプライバシーに関わる。お互いに暗黙の了解で口にしない。名前もニックネームのまま。ただ、せっかく会えたんだから明るい話がしたい。そういう彼の提案に架純も頷いた。

それからふたりは冷たいルイボスティーで乾杯をしてスイーツを堪能し、初めてのオフ会は今までのやりとりの振り返り会みたいな形で楽しく賑わった。

二時間ちょっとくらいだろうか。名残惜しいが彼のバイトの時間がやってくるらしく、帰りに花屋に寄っていってと言われて、架純はハルのバイト先を訪れた。

店先には色とりどりの花が咲きこぼれ、店内にも様々な商品が並んでいる。花壇に飾れるポットやバンギング型の入れ物に寄せられた鉢植え、アレンジメントされた花籠、そして花束にするための色々な生花たち。

少し待っていて、とハルに言われて架純は店内を見てまわっていた。

歩くたびに花の香りがふわりと鼻孔をくすぐる。それはたしかにハルがまとってい
た香りと似ているように思えた。

「はい。スミレの花にわさっとカスミ草を添えたシンプルな花束だけど。出会えた記
念と……誕生日のお祝いに」

そう言ってハルが架純に花束を持ってきた。可憐な薄紫色のスミレと純真な白いカ
スミソウがアメジスト色の綺麗な透けた模様の包装紙に包まれていた。

「わ、綺麗……ん、というか、誕生日……」

「違った？　えっと、チャットのアイコンに風船飛んでたよね。まさか自分の誕生日
を忘れてた？　ハピバカップル見てたのに？」

「あ……そういえば」

誕生日に疎い架純に、スミレらしいね、とハルは屈託なく笑う。

「でも、いいの？」

「うん、もちろん。ね、ひとつ乗り越えたから、また幸せな一年がはじまるよ」

ハルがその花束を手渡してくれる。架純は両手を伸ばしてその花束を受け取った。

花からは彼の心遣いが感じられ、架純の胸の中に、青空のような清々しさを届けて

くれる。思わず顔が綻んだ。

「ありがとう、嬉しい！　ハルの誕生日は、やっぱり春？」

「ん、あたり。来年の桜がいっぱい咲く季節にスミレから祝ってもらえたら嬉しい」

「もちろんお祝いするわ。ぜひさせてほしい」

「やったね！」

笑顔を交わしてそれじゃあバイバイと手を振る。架純の胸はいつになく弾んでいた。

勇気を出して会ってよかった。

友達を作るのにネット経由だってリアルだって変わらない。性別なんて関係ない。共感し合える友達が近くにいるということは幸せなことだ。

チャットからはじまった尊い友情に、架純は改めて感謝したのだった。


マンションの部屋に入ると、理人が既に帰っていた。彼はシャワーを浴びたばかりなのか、前開きのシャツのボタンが閉められていなくて髪が少し濡れていた。

その艶っぽいセミヌード場面にうっかり遭遇してしまった架純は思わずひゃっと花束で顔を隠したあと、時間差でそろりと理人を見た。

水も滴るいい男、それも好きな人がそんな恰好をしていると目のやり場に困る。

架純に気付いた理人は、あぁごめん、とすぐにボタンをひとつ止めてくれたが。

「お帰り、架純」

「理人さんもお帰りなさい」

架純はハルからもらった花束を手に持ったまま理人にお帰りなさいと声をかける。

「あの、おうちに花瓶ってあるかしら？」

「あるけど、どうしたんだ、その花……スミレとカスミソウ、まるで君みたいだな」

理人が微笑んでから首を傾げる。

「あのね、今日、ハルと会って。これはそのハルからもらったの」

「ハル？」

まったく話が通じていなかった。

当たり前だ。理人にはハルのことを教えたことはなかった。

「ええ、えっと、ハルはだいぶ前に通信制大学で知り合った友達のことなのだけれど、色々相談に乗ってもらったりしていて、いつか会えたらいいなって思っていて。今日それが実現したの。私、友達なんてほとんどいないから嬉しくて！」

架純は普段の自分を忘れて饒舌になってしまっていることに気付いてはいたけれど、嬉しさに胸が弾んでお喋りを止められなかった。

「そっか。よかったな。たしか……背丈が長めの硝子の花瓶がうちにあったはずだ」

そう言い、理人がちょうどいいサイズの花瓶を持ってきてくれた。花束をひとまずそのまま崩れないように挿し込んでおくことにした。

「ありがとう。理人さん」

「ずいぶんご機嫌だね。君のそういう姿を見ていると、俺の方まで何か元気になるよ」

理人に話を聞いてもらえるのが嬉しくて、彼に甘えてもっと話をしたくなってしまった。

「実は、私、ハルは女の子だと思っていたから、男の子だったことにびっくりして……」

「え？」

「彼、病院の近くのお花屋さんでバイトをしているんですって。それで、これはハルが私の誕生日にって選んでくれたの」

「誕生日。そう……君たちはどこで会ったの？」

「近所のカフェで。そこで食べたパフェもとっても美味しかった」

「そう。他の男と、誕生日に、ね」

理人の表情がだんだん強張っていく。

「もしかして君の好きになりそうな人ってその彼のことだった?」

「え、まさか。違うわ。ハルは友達よ」

「友達……ね」

そう呟くと、理人は架純の頬にそっと手を伸ばした。苦しそうに見つめてくる彼に、架純は当惑する。さっき嬉しそうにしていてくれたのに。

「あ、あの……理人さん?」

「さっきからはしゃいでいる無邪気な君は可愛い。俺としても、素直に喜んであげたい……けど、恋人が、他の男とデートをしたと知って、婚約相手である俺がどんな気持ちになるか、君は知っている?」

「……あ」

架純はそのときようやく我に返った。

理人の主張はもっともだった。恋人が自分の誕生日に他の男と食事をしていたというのは彼にしてみれば浮気以外の何ものでもないだろう。

実際はハルは友達で架純にそのつもりがなかったとしても、理人にとってはそう捉えても仕方ないことなのだ。

ハルに会えたことが嬉しくて自分のことばかり喋りすぎていた。理人の気持ちを考えてあげられていなかった。

「ごめんなさい。でも、私は仮初の婚約者なんじゃ……」

反省と後悔と疑問と期待と、一気に膨らんだ感情が絡み合って混乱している。

「どうだと思う？」

理人からの問い返しに架純は言葉を詰まらせた。返答に窮しているうちに、理人が架純の腰を自分の方にぐっと引き寄せた。

「そのどちらでもないよ、架純」

言うが早いか、噛みつくように唇を奪われて、架純は衝撃のあまりに目を見開く。

しかしその間にも理人は唇を離そうとせずに、そこからさらに深く啄《ついば》んできた。

「んっ……んっ！」

反射的に仰け反ると、よろめきそうになった架純の腕を引き寄せ、理人は架純を抱き上げてしまう。

「きゃっ」

「わからないなら、直接、わかってもらうしかないな」

「まっ待って……理人さんっ」

制止するものの理人は止まらない。

理人が架純を連れていった場所は寝室だった。

ベッドの上に下ろされて身動《みじろ》ぐまもなく理人が架純を強引に組み敷く。

先ほどシャワーを浴びたばかりの彼の肌のあたたかさや重みを直に感じて、架純の身体は強張った。

「理人さ、っ……」

「だめだ、俺には……君が足りない」

理人の顔が近づいてそのまままた唇が塞がれてしまう。

「んっ……！」

息をつくまもないまま何度も何度も唇を啄まれるにつれ、呼吸が荒々しく乱れてしまう。思考がままならないまま流されていってしまうのが怖くて、架純は理人の腕の中でもがいた。

「待っ……」

理人の熱い手が架純の肌をまさぐる。びくんと架純は大きく戦慄いた。しかし理人の手は架純の温もりを求めて彷徨《さまよ》う。

こんな性急に求められることに驚き、どう抗っていいかもわからない。

やがて心臓のあたりに触れそうになったとき、架純が声を漏らすと、理人はやっと我に返ったらしい。その動きを止めた。

「……はぁ」

と、理人がため息を零す。そして架純の耳の傍で悪かった、と呟く。

「理人さん……？」

乱れた息を調えながら、架純は彼の様子を窺う。相変らず覆いかぶさられたままで動けないけれど、身動ぐ力もなくてそのまま彼の背におそるおそる手を添えることくらいしかできない。

「君は、俺にされるがままでよかった？」

架純はかぶりを振った。

「ごめん。抵抗させなくしたのは俺の方なのに。ただの醜い嫉妬だよ」

少し身体を引き離して両腕で囲うような体勢のまま理人が架純を見つめてくる。いたたまれないような表情を浮かべる理人を、架純はそのままた腕を伸ばして抱きしめたくなってしまった。

（理人さんが嫉妬……してくれている？）

やきもちを妬いてくれたという事実と彼の拗ねた表情に、架純の胸の内側がじわりと熱くなった。

架純が物珍しく見つめていたからか、理人のプライドを刺激したのかはわからないが、何か彼に企んだ表情がちらついてみえた。

「でも、今度、兄夫婦の婚約の場に立ち会うわけだし、もうちょっと、ちゃんと婚約者としてそれらしく見えるようにしておかないとならないと思わないか？」

「は、はい？」

理人の言っている意味を理解しようとしていた。けれど、彼はもどかしそうに架純にまた密着してしまう。

「他人行儀なのはだめだ。まだ恋人らしさが足りない。さっきみたいに……無邪気な君が欲しい」

そう言いながら理人が架純の耳に囁きかけてきた。

「……ひゃっ」

「もっと俺を意識して」

仮初の関係だというのに甘い言葉を囁かれ、

「俺を愛しているっていう目で見てくれないか」

「……り、理人さん、待ってっ」

「架純……可愛い。君を婚約者にしてよかった。君は俺を……どう思っている？」

首筋に熱い吐息がかかる。ただそれだけなのに感じてしまう。ドキドキしてどうにかなってしまいそう。

「……あっ」

「君は……俺が好きか?」

「……す、っ……」

好きだなんて、そう思っていても言えない。だって契約だから……。

身悶えながら架純は必死に本音を押し隠す。なのに対抗するように理人が誘って迫ってくる。

理人に触れられるたびに、彼を感じて小刻みに身体が震えてしまう。

「理人さん、だめ……助けて、お願い……」

耳の際にただ吐息が触れただけなのに。好きな人にこんなふうに囁かれるだけで感じてしまうものだなんて知らなかった。

助けを求めると、さすがに理人は止めてくれた。

「これは大事な練習だよ」

「……そう言いながら、意地悪してませんか?」

「どうだろう。君がそういう可愛い顔をすれば、俺だってそういう気にならなくもない。恋人に翻弄され、もっと君の魅力を知りたくて……わざと意地悪をしたくなるかもしれないな」

「……っ！」

この体勢でそう言われると、架純はどうしていいかわからなくなる。その台詞こそ意地悪だ、と思った。

けれど、理人はふっと笑みを零し、架純の困惑した顔を見下ろしつつ、やさしく髪を撫でてくれる。その指先が先ほど吐息で触れた場所をくすぐる。

やっぱり意地悪、と咎める目で見れば、理人が架純の額に唇を寄せてきた。それが挨拶なんかじゃないことくらいもう架純にだってわかっている。知っててわざと、理人はキスをする。

「……っ」

「こんなに可愛い恋人、他には知らない」

「……その練習は……まだ、続きますか？」

息が続かなくなりそうでたどたどしく問うと、理人がやさしく頷く。

「うん。君が慣れてくれるまでだ」

「うぅ。無理……慣れるなんて、無理です」

「じゃあ、慣れるまで続けるだけだよ」

「そ、そんな……っ」

目尻に触れた唇が、頬をすべっていき、耳の側に微かに触れる。再び架純が反応してしまうと、理人は耳朶を軽く食んだ。

「……っあっ」

「約束してくれないか。そんな可愛い声は、俺だけにしか聞かせたらだめだ。わかった?」

心地のいい低い声に翻弄され、架純はぼうっとした思考の中、彼にされるがままになってしまう。そればかりか、もっとされていたいと思ってしまっていた。

「……んっ、理人、さん、以外なんて……」

本音を零してしまいそうになって唇を噛む。けれど、理人が首筋に這うように吸いついてきて、それから鎖骨へと下りていくのを感じると、架純はすぐに唇を開いてしまう。その上、皮膚にちりっとした痛みを感じて、架純は慄いた。

「君は、俺だけのものだ。悪いが、他の誰にも渡さない」

「……っ」

「わかった?」

「……わ、かりました」

そんな激しい独占欲を向けられて、架純の身体はどんどん熱を帯びていくばかり。少しも冷める隙などない。

理人が至近距離に顔を近づけてきて、こつりと額をあてた。目を逸らすことなど許されない範囲に彼がいる。

文句は封じられてしまった。微熱に浮かされているときみたいにぼうっとする。潤んだ瞳のまま拗ねてみせると、理人は少しだけ笑って、それからいつも通りの顔をした。

「さて、美味しいスイーツを用意してあるんだが。練習後のご褒美はいらない？」

「……欲しいです。ちゃんと。私なりにがんばってるんですから！」

むきになって言うと、理人はくすりと笑う。

「よくできました。君には甘えてほしいんだ。遠慮なんてしないで。俺の可愛い恋人なんだから」

手を重ね合わせてシーツに縫いつけるみたいにして、それから唇を重ねてきた。

架純が拒まないのをいいことに、彼はやさしく一度触れてから、もう一度啄んで、それでは足りないと今度はまた深く求めてくる。

「……ん」

理人にキスされるのが気持ちいい。

仮初の婚約者という立場を忘れたわけではない。でも、理人がくれる言葉や触れ合いが、いつか本物になってくれるのではないかと期待する気持ちが止められない。

だから、甘い執着を向けてくる彼に抵抗しようなんて思えない。もっと求めてほしいとさえ感じている。

創られた嘘の世界だって構わない。理人に想いを向けてもらえるのなら――。

「これ以上に進むのは……君が、本当に俺のことが欲しいと口にしたときにするよ」

理人がぐっと堪えるようなその仕草に、息の根が止まりそうになった。

「……っ」

「大事な君を壊したくないからね」

触れ合う鼓動が激しい。理人は心配してくれたのだろう。と同時に、架純は自分自身の鼓動と同じだけ速く脈を打つ彼の心臓に気付いてしまった。

(理人さんがよくわからない)

欲しいと言ったら応えてくれるのだろうか。

でも、追及したら終わってしまうのなら、余計なことを言いたくない。

「帰ってきたら、君にちゃんと言いたかったのに」

理人が悔恨の表情を滲ませている。架純は何のことだろうと首を傾げた。

「ちょっと待っていて」

そう言って理人は架純から離れ、寝室から出ていった。

架純は心臓のあたりに手を添え、熱を帯びて重たくなった身体をそのまま横たえたくなった。

しばらく待っていると、理人が戻って来て、架純にこっちにおいでと手招きする。

架純はのろりと身体を起こして彼についていく。

リビングに顔を出してすぐ架純は驚いて目を輝かせた。

「わ、すごい……」

ダイニングテーブルの中央に飾られたイチゴやベリーがたっぷりのバースデーケーキ。白い清楚なデザインのお皿の上に載せられているのはアイシングクッキー。傍のボトルはきっとお酒が飲めない架純のためにソーダ水を準備してくれていたのか。ハーブティーの硝子ポットも準備されている。そのひとつずつが丁寧に扱われているのが伝わってきて、目頭が熱くなってくる。

「パフェでお腹いっぱいかな？　食べるのは明日でも構わないと思うんだけど」

架純は涙がこみ上げてくるのを堪えつつ、ううんと首を横に振った。

「だって、先生が……理人さんが、私のために用意してくれたんですもの」

「今までできなかったから。俺と君の関係は……歪《いびつ》だったからね。君にしてあげたかったことが叶えられるというのも、今だからこそだと思っている」

「さっきはごめんなさい。私、誕生日のこと自分で忘れてて。それで、誕生日ってお祝いしてもらうことを嬉しいって素直に思ったことなかったんです」

「ああ。どうやらライバルに先を越されてしまったらしいからな」

理人が肩を竦める。だが、架純はかぶりを振った。

「ライバル……じゃないですよ。友達です。そのチャット友達のハルに指摘されたんです」

架純は言いながら、ハルのことを思い出していた。

『何だよ。それじゃあつまらないじゃん。もっと喜びなよ。その、好きな人にお祝いしてもらいたいとかないの？』

『それはもちろんあるけど』

『でしょ。スミレは大丈夫だよ。きっと長生きするから！』

「理人さんがいてくれたから、私は……今ここにいるんだと思います。でも、これからは安堵じゃなくて感謝をしたいなって。大事な人にお祝いしてもらうことに喜びたいなって」

「俺も、君と一緒にその時間を過ごしたいよ」

理人が言って、架純を傍に抱き寄せた。

架純は理人の胸に素直に頬を埋めた。

「ありがとう。理人さん」

「お祝いしてもいい？」

「はい」

「ケーキだけじゃなく、プレゼントも用意してあるんだ」

理人が腕を離してそれからテーブルの下に隠していたらしいラッピングされたプレゼントを手渡してくれた。

「開けてみてもいいですか？」

「どうぞ」

開けてみると、中には傘が入っていた。

「わ……綺麗な傘」

「日傘にも雨傘にもなる両用のタイプだよ。なるべく軽量で骨もしっかりとしたものを選んだつもりだけど、デザインは……デザイナーに意見を聞いて、君の好きそうな雰囲気を目指してみたんだけど、どうかな？」

「ちょうど買い替えなきゃと思ってたんです。嬉しい！　大事にしますね」

何より理人が架純のためを想って考えてくれた時間、思い浮かべてくれたことが嬉しい。

開いてくるりと回してみると、白地の紫陽花の形を透かし彫りしたようなデザインに上品な青紫の小花がちょうどいい間隔で刺繍されている。まるでそこに紫陽花が咲いたみたいだ。晴天の日でも雨の日でも映えそうだ。

傘を閉じて巻きなおすと、理人と目が合った。彼は目を細めるようにして架純を見つめていた。

まるで幻でも眺めるかのように切なげな彼にドキリとする。

不意に、祖父の家の前で傘をさしてくれたときの理人のことを架純は思い出していた。

『これから先、君に何か困ったことがあれば、きっと力になる』

そんなふうに言ってくれたことを。

それなら彼のために自分もできることがしたいと、架純はやっぱり思うのだ。

「俺も……婚約者の君を大事にしたいんだよ」

――たとえ契約の関係でも。

理人の一拍置いたその間の中に、その言葉が隠れていたとしても。

さっきまでのやりとりの一連が脳裏をよぎった。

きっと理人は忙しい身なのに、架純のために時間を割いてくれた。そして架純をお祝いしたいと思って帰ってきてくれたのだろう。

それなのに架純は理人の気持ちを知らずに深く傷つけるところだった。

「私も、理人さんのことを大事にしたいです。さっきは……やきもち妬かせてごめんなさい」

「……その件にはもう触れなくていい。俺があまりにも大人げなかった」

理人が首に手をやって視線を逸らす。彼にも思うところがあったみたいだ。何だかそんな彼の態度が可愛くて見えて、架純は思わず微笑んでしまう。

「ふふっ」

理人のことを昔以上に知っていく。その時間がとても大切に感じられる。知らなかった彼のことをもっと知っていきたいと切望している。それは、好きよりももっと濃くて強くて深い気持ち。

（恋以上の気持ち、それは……）

そう、この気持ちはきっと、愛しさ……というものではないだろうか。

鼓動がゆっくりとまた加速していく。

「君のその笑顔が……何より俺を大事にしてくれている証拠だって思うから」

無性に隙間を埋めたいという衝動がわきおこっていた。寄り添って触れ合っていたいという甘い感傷に突き動かされる。

まるで何か見えない糸に引き寄せられるみたいだった。

理人の顔が近づく。

慈しむように触れた唇から、理人のやさしさが伝わってくる。さっきの想いをぶつけるようなキスとはまた違った愛情を感じられた。

それを〝愛〟と感じ取っていいかどうかはわからないけれど。

稚拙な言葉で表現するならこれは、創り上げた世界の中で演じる〝恋人ごっこ〟でしかない。

箱庭の中の泡沫の夢。やがてそれは醒めていくもの。

だからこそ。

いつかは終わってしまう関係だとしても。

せめてその間はちゃんと婚約者でありたい。

（理人さん、好きです……あなたのことが、大好き……）

本音をのせて言葉にしてしまうのが罪なら、言葉にせずに想うことだけは赦してほしい。

もしも、いつか――。

この形だけの婚約関係の間に絆が芽生えたとしたら、いつか本当の夫婦になることはできるのだろうか。

そんなふうに焦がれる気持ちが強くなっていく怖さを同時に感じてしまう。それでもいいから今だけは……と切に希う。

理人のために役に立ちたいという気持ちではじめた仮初の婚約関係。それはやがて架純が思い浮かべていた泡沫の夢と混ざり合って、架純自身が彼の本物の婚約者になりたいと望みはじめていた。

私たち、〝仮初の婚約を解消〟しましょう

六月最後の日曜日、大安。

理人の兄である來人と婚約者の園崎麗奈が結納を交わす場に立ち会うため、架純は理人と共にとあるホテルの会食の場に来ていた。

架純は大事な役目を果たさなければという思いでやって来たのだが、体調があまり優れなかったので結納の儀式自体が終わってすぐに中座させてもらっていた。

心配した理人がついてこようとしたが、深刻な感じではないから大丈夫だと遠慮した。兄の來人が理人と何か話をしたがっていたからだ。

すぐ傍には來人の婚約者である麗奈の姿が見える。彼女は牡丹が描かれた紅色の着物に身を包んでいて先日のパーティーのときとはまた違った艶やかさに包まれていた。

架純はというとパーティーのときのようなドレスアップではなく清楚な紺地のワンピースを着ていた。主役のふたりに華を添えるためのマナーだ。でも、着物もいいものだな、と少し羨ましくなった。

少しお手洗いで冷たい水に触れてひと息ついたら楽になった。緊張する場の中、

ずっと同じ姿勢で固まっていたのがよくなかったらしい。

外はいくらか風が通る分、逆に涼しすぎるくらいだ。持ってきていた透かし編みのサマーボレロを羽織って縁側から見える枯山水を眺めつつ、ゆっくりと深呼吸を繰り返す。

心地いい風が首筋を撫でていくのを感じて、ようやく架純はふっと力を抜いた。

「こんなところで何をなさっているの？」

呼びかけられて振り返ると、麗奈の妹、美玖の姿があった。以前に会ったときに感じたとおり、甘い砂糖菓子を思い起こさせる愛らしい女性だ。彼女は薄桃色の桜模様を散らした振袖を着ていた。姉である麗奈と対照的に可憐な雰囲気がある。

「少し風に当たりたくて抜けてきたんです」

「そう。私もちょっと気分転換に出てきたの。理人さんと一緒じゃないのね」

「はい。彼は來人さんと話があると言っていました」

「あら。それは口実かも」

美玖がそう言い口元に手をやった。

「口実？　どういう意味ですか？」

「かわいそうに。あなたって何も知らないのかしら。理人さんが本当に好きだったのは誰なのかご存じなかったのね」

美玖が声を潜め、架純に憐憫の目を向けた。

理人が本当に好きだったのは誰か——彼女の言いたいことがわからなくて固まっていると、彼女は廊下の奥を見た。そこはさっき架純が抜け出てきた会食の間だった。

「見てごらんなさいな。來人さんよりも理人さんの方が麗奈お姉様に似合っていると思わなくて？」

理人が麗奈に手を差し伸べてエスコートする様子が見られた。來人の姿はない。

彼らはふたりの間で会話が弾んでいるようで、こちらの視線には気付いていない。

仲睦まじそうに微笑みを交わすふたりは、美玖の言うとおりたしかにお似合いだ。

理人も麗奈も絵になる雰囲気を持っている。

そんなふたりを見ていたら、ちくりと胸の内側にいやな痛みが走った。

「それもそのはずよね。本当は、麗奈お姉様には理人さんとの婚約の話が出ていたのよ」

「え……」

寝耳に水だった。

固まっている架純を尻目に、美玖が話を続ける。

「けれど、麗奈お姉様はその後、來人さんを選んだ。よくあることだけれど……両家にとってはどっちと婚約しようと関係ない。どちらでもよかったの。麗奈お姉様は最初、理人さんのことを気にいっていたし、私もてっきりふたりがくっつくのだと思っていたのよ。來人さんが麗奈お姉様に夢中だったから、きっと理人さんはお兄さんに遠慮して譲ったんだと思うわ」

（知らなかった……）

麗奈のことは來人の婚約者という話だけしか聞いていない。理人の方に先に婚約の話が出ていたなんて理人から聞いたことはない。

「あの、何か誤解があるのでは？」

架純は信じがたい気持ちで美玖に尋ねた。しかし美玖は即座に顔を横に振った。

「いいえ。これは事実よ。理人さんに話を聞いてみればわかることだわ。まぁ、あなたには言いにくかったのでしょうね」

それを聞いて、架純は理人の様子を思い浮かべていた。最近の彼がやたら強引に物事を進めようとしていることに戸惑ったのは事実。その背景に特別な事情があったのだとしたら納得してしまう。

仮初の関係であるにもかかわらずに、本当の恋人にするような触れ合いがあったことも、彼の心に満たされないものがあったからだとすれば説明がつく。

いやな鼓動が胸の内でどくどくと動いていた。

(だめ、余計なことは考えたくない)

理人が架純のために行動してくれたことが、仮初のものだったとしても、そこには彼の想いがあったはずだ。すべてが偽りだったとは思えないし思いたくない。

もう何も言わないでほしい、架純は美玖の傍から離れたくなった。けれど美玖はどんどん話を進めてしまう。

「理人さんにはその後、十和田院長のお知り合いの方と縁談が……という噂を耳にしていましたのに、まさか理人さんが選んだのが一度破談になった相手——架純さん、あなただなんて驚いたわ。彼には同情していたけれど、彼も彼でひどいのね。あなたがやさしい女性だから、弱みに付け込みやすかったからかしら?」

ふと、あの婚約発表の日のことが思い浮かんだ。美玖が去り際に憐憫の目を向けてきたのはそういうことだったのだろうか。

「……っ理人さんは、そんな人では!」

さすがに聞き捨てならなくて架純は即座に否定したのだが。

「だって、ここだけの話、何か理由があるんでしょう?　私の推測としては、十和田院長のお知り合いの方との縁談を円満に断るために一時的に協力してくれる女性が必要だった、とか」

美玖の窺うような眼差しに、架純はドキリとする。彼女の指摘は当たっている。だから、なんだか見透かされているような気がした。

「誰かから何かそういった話を聞いたのでしょうか？」

「いいえ。あくまでも私の推察よ。けれど、もしもそうだとしたら、この状況って、あなたにとってすごくかわいそうだと思ったの」

美玖は大仰にため息をついてみせて頬に手をやった。

「あなたがいくら理人さんのことが好きでも、理人さんは麗奈お姉様のことが好きで忘れるために利用されているだけということよ」

考えたこともなかった。理人が麗奈のことが好きだったかもしれないなんて。

「それでもいいの？　別れた方があなたのためじゃないのかしら？」

釘をさすように美玖が言う。

「どうしてそんなことを私にお話しされるのですか？　それに私は理人さんがそんな薄情な人だとは思っていません。私は……別れた方がいいなんて考えていません」

むきになっている自覚はあったが、でも止められなかった。美玖だって悪気があって言っているわけじゃなくて架純のことを慮ってくれているのに。

「私だって知らないふりをして黙っていてもよかったのよ。でも、何だか利用されているあなたのことを見ていられなくなったの。だって、あなたって表面上のことをすぐに信じてしまいそう。とっても純粋そうだもの。私だったら耐えられない……今後はよくお相手のことを見極めた方がいいと思うわ」

同情を込めた目で見られ、架純はいたたまれなくなる。彼女の言うことはあながち外れてはいない。架純はずっと閉じられた狭い世界に生きてきた。理人に対する想いは、それこそ雛鳥が親鳥に寄せるようなものであったことは完全に否定はできない。

そして恋は人を盲目にさせるものだということくらいはわかっている。チャット友達のハルにも、意思の弱さを指摘されたことがあった。架純自身思い当たることがあまりにも多すぎる。

理人を信じている。けれど、架純は自分のことを信じきれていなかった。それは、自分に自信がないからだ。彼に愛されるだけの理由があるように思えない。ただ、彼が向けてくれる想いだけはまっすぐに受け取って大事にしたいと考えていた。ただそれだけのこと。

（本当の理人さんは……？）

理人が麗奈に向けていた素顔に、胸が重たく軋む。

急に、わからなくなってしまった。

いつか本当の恋人になれるかもしれない、という甘い幻想を抱いたことを恥じ入る。

仮初の婚約者になってほしいと、理人から言われたことがまた思い出される。強引な彼に翻弄されながらも、彼のためになるならと応じた。けれど、そこには少なからず架純自身の願望が込められていた。

（でも、代役なら他の人の方がずっとうまくできたはずよね……）

その考えに至ってしまった。

ショックを受けて茫然と立ち竦む架純の元に足音が近づく。架純はハッとした。理人がこちらへやってくる。麗奈の元に來人が合流した。

そして美玖と架純を含めた五人は、これから両家の結納のあとの食事会に参加しなければならない。それが済めば無事に任務は完了する。

架純は理人が前に言っていたことを思い出す。

『婚約発表のあとは結納だってある。彼らが結婚するまで、君には婚約者として傍にいてもらいたい。父さんや兄さんへの説明はそのあとにする予定だ』

あのときだってそうだったけれど、この先も何かに理由をつけて引き留めてくるかもしれない。

でも、美玖から聞いた話が本当ならば、これ以上は続けることができない。

「架純、体調の方は大丈夫か？」

理人が傍まで近づき、架純の頬にそっと手を伸ばしかけたとき、架純はとっさに避けてしまった。

しまった、と架純は頭が真っ白になる。來人や麗奈たちも変な顔をしていた。

架純が慌てふためいていると、高辻家当主である正臣の声が割って入る。

「どうした。おまえたち、こんなところで集まって」

恰幅のいい正臣の怪訝な様子を尻目に、メガネをかけた園崎家の当主が目を細めて朗らかな声をあげる。

「おや、兄弟水入らずのお邪魔をしてしまいましたか？　少し外しましょうか」

「いえ。大丈夫です。そろそろ皆、戻ろうか」

その場を冷静にまとめたのは、理人だった。何事もなかったかのようにそう言い、客間へと戻っていく。

「あの、理人さん……あとで話があるのですが、いいでしょうか？」

「……わかった」

理人が頷く。彼はポーカーフェイスのままだ。架純自身、顔に出てしまわないか不安だったが、追及されないで済んでほっとした。今は頼まれたことをちゃんとやれるようにしなければ。

架純はその場に何とか意識を留めるように手をきゅっと握りしめ、ただ理人についていくのに従った。

「……ね、美玖、一体、何があったの？」

微妙な空気を察したらしい麗奈が声を潜めて美玖に尋ねる。

「さあ？　私にはよくわからないわ」

美玖はお茶を濁すと、一番に戻っていく。彼女が余計なことを言わないでいてくれたことは助かった。

その後、食事会は滞りなく進められた。

最初こそ緊張した空気が漂っていたものの、両家の当主夫妻が盛り上げ、來人と麗奈のふたりが愉しげに笑い声を立て、酒が進んだ場はやがて和やかになっていく。

理人は架純を気にかけて度々声をかけてくれていた。大丈夫だと笑顔で応じたものの、架純は彼の顔がうまく見られなかった。

理人のことを無視したいわけじゃないのに、まるで表情筋が石膏か何かで塗固められてしまったかのようにうまく取り繕うことができなかった。急速に自分の周りに誰も寄せつけない堅牢な城壁が築かれていくかのようだった。

この間、胸の内側に芽生えたやわらかな甘い気持ちはどこへ消えてしまったのだろう。あんなにふわふわ光の泡のように煌めいていたのに、シャボン玉が割れるようにパチンと消滅してしまった。

今はただこちらには踏み込んでほしくない、と頑なになってしまっているのが自分でもわかる。

この深い泥水につかっているような居心地の悪さは一体何だろう。そう自分に問うたときに、しっくりくる言葉がひとつだけあった。

(ああ、きっとこれが〝独占欲〟が招いた〝嫉妬〟という感情なのね……)

先日、理人がハルに嫉妬したことを明かしてくれた。好きな人が向けてくれる嫉妬には愛おしいような甘い感傷が湧くのに、自分の内側から漏れ出る醜い嫉妬には、愚かな衝動しか湧かない。

同じ感情であるはずなのにこんなにも違うものだなんて知らなかった。

(理人さんは麗奈さんのことが好きだったの？　だから新しい縁談を断ったの？　お兄さんが麗奈さんと結婚することになったから取り繕うために、仮初の婚約者が必要だったっていうこと？）

考え込んだらどんどん深くて暗い海底に沈んでいく。そこから何も見えなくなっていきそうだった。

君にしか頼めない、と理人は言った。けれど、状況を考えれば相手は誰でもよかったはずだ。むしろ病を抱えていない架純よりもずっとうまくやれた人が他にいたかもしれない。

（私じゃなくてもよかった……）

仮初の婚約者という存在も、泡沫の恋人のような関係も、架純以外が相手でも成り立ったこと。ただ手っ取り早く傍にいた架純に頼んだだけのこと。そう考えれば考えるほど虚しくて仕方なかった。

食事会が終わったあと、あらかじめ待たせてあったタクシーに順番に乗る前に、理人がさっきのことを切り出してきた。

「架純、それで話っていうのは？」

何でもない、とごまかすのは簡単かもしれない。

二週間だけだと、元々言われていたのだから、いつかは終わる関係には違いない。

でも、今こうして理人の傍にいることに、耐えられそうにない。

エントランスの自動ドアに反射して映ったふたりのシルエットが、とても滑稽に見えた。今見えているのは幻。偽物の関係だ、と正に突き付けられるようだった。

「私たちの関係はここまでにしませんか」

架純は気付いたら冷たく突き放すようにそう口にしていた。

「架純、急にどうした？」

「私たち、〝仮初の婚約〟を解消しましょう」

理人が驚いた顔をして架純を見ている。

何かを言いかけた彼の前にタクシーのドアが開いた。

「お客様、どうぞ」

ドアマンに声をかけられ、ふたりは互いに口を噤んだ。

それから——気まずいままタクシーに乗って帰宅したあと、車内でも何も喋らなかった理人がもどかしさを振り払うようについに架純を追及してきた。

「架純、さっきはどうしていきなりあんなことを言ったんだ。君の心境に一体どんな変化があったんだ」

責めるような口調ではなく、諭すようにおだやかな声音は、いつだって理人らしさが保たれている。彼は大人だから自分を抑える。そして誰も傷つかない道を選ぼうとする。彼は周りの大事な人たちを気にかけてくれる、やさしい人だから……。

(そんなあなたのことが私は……好きで、でも……)

心配そうに見つめる理人の、ひどく憂いを帯びた瞳に囚われると、心が揺れてしまう。

さっきはごめんなさい、と謝って何でもなかったみたいに期限ぎりぎりまで残りの時間を一緒に過ごしたい。そんな我儘な思考に囚われてしまいそうになる。

箱庭だっていい。泡沫の時間だっていい。束の間の休息に身を委ねるように、理人と一緒にいられたらそれで幸せだと思ったのに。

でも――どっちにしたって、いつかは終わりがきてしまうのだ。無視はできない現実。期限付きの恋。それがどれだけ残酷なことか、はっきり気付かされてしまった。

「さっきはごめんなさい。変な態度をとって困らせてしまいました」

「架純、俺は君を責めてるわけじゃないんだよ。何か思うことがあるのなら言ってほしい」

「でも、私たちは本物の恋人同士じゃありません。仮初の婚約者、偽装した関係です。ですから、約束を果たせば、仮の契約は終わらせることはできるはずです」

「ごめん。君に甘えていた。負担を強いて申し訳なかった。虫のいい話だとは思うが、君とはぎくしゃくしたまま終わりたくはないんだ」

「……理人さんは――」

聞いてしまおうと思った。けれど、それは躊躇われた。きっと本当に息の根が止まってしまいそうだったから。

「うん？」

聞けない。知りたくない。本当のことなんて知らなくていい。知らないまま遠ざかってしまいたい。

矛盾だらけのままはじまった恋は、矛盾したまま泡沫に消えていく。好きな人からの本物の愛は得られず好きな人への本心は何も言葉にしないで終わる、人魚姫の恋のように。もうそれでいいのではないだろうか。

理人が好きで傍にいたい。けれど、傍にいる資格があるとは思えない。彼が求めている自分でいられる自信もない。

とうとういたたまれなくなって、架純は勢いに任せて頭を下げた。

「ごめんなさい……もう充分だと思います。私、実家に帰らせていただきます」

気付いたらそう口にしていた。

引き留めようと動く気配を察した架純は、逃げるようにリビングから出ていき寝室へと移動した。

ドアを閉めて背中を向けてから架純は思い至る。少しの距離なのに勢いをつけすぎて息が切れている。

どうして逃げる場所をここにしたのだろう。ここは仮初の婚約者同士のふたりが過ごしていた場所だった。

けれど、今はきっと理人は追いかけてこない。そんな気がした。

しばらくしてから小さなノックの音がした。ピクリと全神経が理人の方へと向けられるものの声も出せずにベッドに横たわっていると、少し置いてから理人のくぐもった声が聞こえてきた。

「明日の早朝、俺は出ないといけない。君はここにいてもいいし、一度、帰りたいのなら実家に戻っても構わない。でも、こんな形ではまだ終わりたくない。俺はいつでも君のことを待っているし、折に触れて迎えに行くから」

踏み込んでこないし尊重してくれる。けれど、ちゃんと迎えに行くと離さないでいようとしてくれている。

架純の方から突き放したのに、理人はそれでも大事にしてくれている。

理人の本音がわからない。でも彼らしいところはたくさん知っている。彼の根底にあるやさしさなど知っているはずだった。彼は架純を傷つけることなんてしない。いつだって助けてくれた。

でも、今回のことを考えると、ぐちゃぐちゃでよくわからなくなってしまった。一緒にいたら架純の方からとんでもないことを口にして傷つけてしまいそうで怖かった。

「……っ」

泣きたい気持ちが不意に湧いてきて、架純は慌てて布団をかぶった。

こみ上げてくる不甲斐なさと、理人に対する未練に苦しくなって、架純は声を押し殺すようにして涙を零した。

翌日、物音がして架純は目を覚ました。眠れずに籠城していたが、いつの間にか疲れてうたたねしてしまっていたらしい。

瞼が重たくて腫れぼったいし、目の下がひりひりする。子どもみたいに泣いたせいだ。こんなみっともない顔、理人に見られなくてよかった。

理人は昨晩ドアの前で予告したとおりに出勤したのだろう。リビングにそろりと顔を出すと、彼のいた形跡と、コーヒーの匂い、それから清涼感のある香りが溶けて混ざり合っていた。

（理人さん……私はあなたが好き。だからこそ、一緒にいるのが辛いの。あなたを大事にしたいし傷つけたくもない。でも、この気持ちをどうしたらいいかわからないの……）

ソファにぽすりと腰を落とし、それから理人の移り香のするクッションを胸にぎゅっと抱きしめた。ただそれだけで胸が苦しくなる。

理人はベッドの代わりにソファで寝ていたのだろう。医師として忙しく働く彼にこんなところで窮屈な思いをさせてしまったことを、架純は申し訳なく思った。

それからしばらく放心したあと、架純はのろりと立ち上がる。こんな状況だというのに勝手にバスルームを借りてシャワーを浴びることも躊躇われ、まずは手荷物をまとめて町田のいる自宅に戻ることにした。

疲労感がとれない気だるさに苛まれながらも架純は最寄り駅から電車に乗った。いつもなら空いている席に座ることが多かったけれど、今日は手すりにつかまったまま窓の外の景色を眺めていた。けれど、目の前の風景を見ているようで何も頭に入ってこない。浮かんでくるのは理人のことばかりだった。

自宅に到着してインターフォンを鳴らすと、町田が出迎えてくれた。彼女は架純がひとりで帰ってきたことに驚いていたが、架純の表情から何かを察したのか、第一声は「お帰りなさいませ」しか言わなかった。

町田の気遣いに感謝をしつつ、架純は小さく笑みを返す。

「ただいま。少し疲れたから部屋で休みたいの。町田さんも気にせずゆっくりしていて」

「かしこまりました」

その後、着替えを持ってバスルームに移動し、軽くシャワーを浴びて汗を流した。水気をとるようにタオルで身体を拭いて、ルームウエアに腕を通す。

髪を乾かして部屋に戻ると、テーブルの上に紅茶とマフィンが置かれてあった。町田の気遣いに感謝し、さっそく口に運ぶことにする。あたたかい紅茶にほっとしつつフルーツマフィンのふわっとした感触にほっこりとした気持ちになった。

……戻ってきてよかった。肉親は皆、架純から遠く離れているけれど、母代わりに町田がこの家に来てくれて本当によかったと、改めて思う。

そんなふうに感じてから、胸の奥がぎゅっと詰まるように感じた。少しいつもより息苦しい。マフィンを詰まらせないようにゆっくりと咀嚼する。

その間にも花の朝露がこぼれゆくみたいに、架純の目からあたたかい涙が溢れ出ていった。

美味しい、のに、悲しい。

ほっとした、のに、寂しい。

ふっと思い浮かぶのは、理人と過ごした日々のこと。自分から離れると決めたなら、忘れなくちゃいけない数々の記憶。

目を瞑るときらきらと輝く、ひとつひとつの煌めく泡のような思い出……ゆっくりとそれは溶けて見えなくなっていく。それらは夢のような幻だったのだと、架純は思いこもうとした。

それから、しばらくして落ち着いたあと、架純はお皿を返しに行き、さっそく町田に感想を伝えた。

「まあまあ、それはよかったです。次は何を作りましょうか」

「町田さんの作ったものはなんでも美味しいわ。もしできたらハニーパイが食べたいかも」

「かしこまりました。次のおやつは決まりですね。夕飯も栄養のつくものをご用意いたしましょう。和食でいいでしょうか」

「ええ、楽しみにしているわ」

喜んでいる町田の表情を見て、架純も嬉しくなった。

それから部屋に戻ると、テーブルに置きっぱなしになっていたスマホが振動した。

一瞬、理人のことが思い浮かんでドキリとしたが、それは、チャット友達のハルからだった。

ベッドに座ってメッセージを確認する。

【スミレ、最近どうしてる？】

何て答えようか逡巡していたら次のメッセージが届いた。

【こっちは、実は入院してるんだ】

架純は驚いて少し体を起こした。

【ハル……具合が悪いの？】

【うん。何かこのままもう誰にも会えないかもしれないなんて考えたら、この間のスミレのこと思い出してさ。ほら、急に連絡が途絶えたら心配させるかもしれないから一応】

寂しげなハルの顔が浮かんだ。けれどきっと強がりの笑顔でいるのではないかとも思った。何となく自分自身と重なる部分があったからだ。

花の香りに包まれていたハルと、彼にもらったスミレの花のことを思い浮かべる。

理人のマンションの部屋の花瓶に活けていたスミレはそういえばしょんぼり萎れて

いた気がした。

何となく不安に駆られ、架純はハルに急ぎ返信する。

【ハルがいるのは十和田総合病院？】

【そうだよ。見舞いに来てくれる？】

【午後の面会の時間に行ってもよければ】

【やった。来てくれるときに、ひとつだけ頼んでもいい？】

【もちろん。食べたいおやつ？】

【それもあるけど……花屋の店主に心配かけちゃったから元気だって伝えてくれないかな。ついでに、スミレが選んだ花で花束を作って持ってきてほしい】

【わかった。家政婦さんが作ってくれたマフィンと、ハルが元気になれるお花を必ず持っていくわ。待っていて】

メッセージのやりとりはそこで終わった。またあとで、了解、というスタンプを互いに押し合う。

このまま臥せって部屋にこもっていようと思ったからルームウエアを着たけれど、クローゼットの中から出かける服を選び直す。

午後の面会が許可されている時間までまだ少し空いているが、ハルの状況を聞かされたら気になっていても立ってもいられなくなってしまった。

ハルと直接会ったのはこの間の一度きりだけど、チャットでは三年以上の付き合いがあるし、これまで何度もやりとりをしていた。架純の数少ない性別を超えた大事な友人なのだ。

入院すると心細い気持ちになることは、架純にもわかる。架純にはハルの不安が痛いほど伝わってきた。

誰かが傍にいても何も変わることがないかもしれなくても誰かの存在に救われることはある。

寂しくて不安で逃げ出したいと思うことも、先延ばしにできない問題が待っているのだとしても、ほんの少しの癒やしになることができるなら。こんな自分でも誰かのためになるのなら。

ハルのことを考えていたら架純はいつの間にかそんな気持ちでいっぱいになっていた。

手荷物のバッグを再び腕に引っ提げて部屋を出ると、リビングのソファで針仕事をしていた町田が驚いた顔をして慌てて立ち上がった。

「架純お嬢様、どうなさったんですか？」

「実は、友達が十和田総合病院に入院したの。メッセージを見たら元気がないみたいだったから、今から会いに行ってくるわ」

「架純お嬢様の方は大丈夫ですか？　帰ってきたときから顔色が少し悪そうでしたが……」

「平気よ。さっき町田さんが用意してくれたおやつで元気になったもの。それに、私も少し気分転換したかったの。午後の面会の時間までまだまだだから、これからゆっくり向かうわ」

「そうですか。それならいいのですが。くれぐれもご無理をなさらないようにしてくださいね」

「ええ。帰りにまた連絡入れるわね」

「はい。お気をつけて行ってらっしゃいませ」

町田に見送られて家を出た。

今日は幸いにも気温が低い。雨が振り出しそうな曇り空だからか。梅雨のじっとりとした湿気はあるもののまだ過ごしやすい方に感じる。

バッグの中にいつも入れていた傘に視線が奪われて架純は息を詰めた。

（……理人さんが選んでくれた傘）

広げてしまったらきっと彼のことをいっぱいに感じてまた泣いてしまう。だから今日は傘は使わない。

十和田総合病院に行けば、理人がいるかもしれない。総合病院の診察は基本的に午前中のみ。午後は回診や会議そしてオペに回っていることだろう。

呼吸が少し乱れて速くなっていた。時々、息苦しさを覚えるものの、それの理由は架純には思い当たる節がある。理人のことがふらっと脳裏をよぎるたびに締めつけられるものだ。

――このときはそんなふうに思っていた。

【ハルの病棟はどこ？】

肝心なことを尋ねるのを忘れていた。架純は駅前で立ち止まってハルにメッセージを入れた。

【心臓外科だよ】

その言葉に驚き、架純の身体が無意識に跳ねた。

【部屋番号送っておく】

メッセージが立て続けに画面を更新する。

架純は心臓のあたりが熱くなっていくのを感じながら早鐘を打つ鼓動に耳を傾ける。

心臓外科。しかも病棟の場所には覚えがある。架純も入院していたことがあるからだ。何となく親近感を抱き、近いものを感じていたけれど……記憶にはないだけでひょっとして知らないうちにハルとはこの病院の中ですれ違っていたことがあったのだろうか。

心臓外科には当たり前だが理人がいる。たとえ架純とハルの主治医が別だとしても、十和田総合病院のそれぞれの科にはチーム医療が存在する。理人もハルのことは患者として把握しているはずだ。

つまり、理人が回診に来ることがあったら顔を合わせることがあるかもしれない。

(どうしよう。鉢合わせたら……どんな顔をしたらいいか……)

夜にひと悶着があってあれっきりのままなのだ。理人に会う心の準備ができていない。とはいえ、ハルに会う約束を破るわけにはいかない。ただただ面会中に理人に遭遇することがないよう祈るしかなかった。

それから、ハルに頼まれたとおりに病院近くにあるハルのバイト先だという花屋の店主に挨拶し、事情を話して花束を作ってもらった。

春は過ぎ去ったばかりだから彼の好きらしい桜色の花は見当たらない。代わりに、桜に似た色のカーネーションにカスミソウを合わせてもらった。

（気にいってもらえるといいけれど……元気になりますように）

十和田総合病院についたあと、架純は病棟玄関の方からエレベーターに乗り込んだ。エレベーターの中には知らない患者と家族の姿がある。先に内科病棟の階で彼らは降りていった。

その後、心臓外科の病棟の階に到着した架純は、開いたドアの先に見える景色に緊張する。

白衣を着た医師、オペ着姿の医師、忙しく往来する看護師の姿、そして患者たちの様子。見慣れた病院内、懐かしい入院病棟を見渡し、理人の姿がないことを確かめてほっと胸を撫で下ろす。

それから――架純はハルに教えてもらった病室を目指して歩いた。その間も鼓動はずっと高鳴ったまま、身体がやっぱりだるかった。

重たい身体を動かして病室に到着すると、窓際の一番奥にハルの姿があった。

彼がひょこっと飛び出るように顔を出して満面の笑顔を咲かせる。架純も笑顔で応えた。

架純は息が乱れるのを整えながら、抱えていた花束を持ってハルのベッドのところまで行こうと思った――そのときだった。

（――！）

どくりと強く心臓が脈を打った。遅れて息が詰まる。その瞬間、架純は背部から胸を貫くような痛みに慄き、そのまま崩れ落ちるように床に手をついた。声すらも出なかった。

その拍子に、花束は無残に散ってしまう。架純は喘ぐように胸を上下させた。鼓動が暴走するように走り出したのを感じた。これは過呼吸の方の発作ではないのは明らかだった。

「スミレ⁉」

「……っ」

声が出せない。息がうまく整わない。脂汗が滲んでいく。指先が動かない。視界が見えなくなっていく。身体がぶるぶると震えていた。

「誰か！　はやく！　はやく誰かきて！」

ハルがナースコールを鳴らし、さらに部屋の外に出て看護師を呼んだのが遠くに聞こえた。

「陽樹《はるき》くん、どうしましたかっ」

ハルキ……。

ああ、彼の本当の名前を知ったのに、自分は教えてあげることのないままかもしれない。そんなふうに脳裏をよぎった。

とうとう、恐れていた発作が再び起こったのだ。

苦しい。痛い。息ができない。熱いのに、床に触れた指先が冷たい。怖い。心臓が今にも破裂してしまいそう。自分の身体が自分のものではないみたいに、自由が利かない。

ハルにこんな姿を見せたら、同じ心臓の病を持つ彼だってきっと不安になる。はやく今すぐに何てことない大丈夫だよと言いたい。

霞んでいく視界の中、架純は理人のことを思い浮かべた。彼の顔が見たいと思ったのだ。

(理人さん……、理人さん……っ)

自分から離れたのに。どうして死ぬかもしれないと思った瞬間に、彼のことが一番に浮かんでしまうのだろう。

あなたの顔が見たい。あなたの声が聴きたい。たとえその資格がないのだとしても、本当は、ずっと傍に、いたかった——。

『大丈夫だ。俺がずっと傍にいる。君のことを診ているから』

理人は心臓外科医となったあと、架純が抱えている難病の症例について独自にかつチームで研究しているらしかった。手術法についても医師講演会や医局会議そしてカンファレンスなどでも積極的に発表を行っていたという。

その話を耳にしたとき、もしも自惚れていいのなら、理人は架純を助けるために……そう思いたくなったこともあった。

でも、今この場で倒れたらもう理人に救ってもらうことはできないかもしれない。彼に会うことはもうできなくなるかもしれない。

架純は久方ぶりに死を予期した。

十年が一区切りだと言われていた。だからひょっとしたら奇跡が起きたのかもしれないと前向きに考えていた。そうでなくても自分では元気だと思っていたから根拠もなくしばらくは大丈夫だと思っていた。

でも、寿命は分け隔てなくいつかはやってくる。それは自分の考えてもみないときに突然なのだ。

これは理人と向き合うことから逃げようとしていた自分への神様からの罰かもしれない。

苦しい胸を押さえて目を瞑り、そのまま白む意識の中、架純は泡になって消えることを覚悟した。

そのとき、白衣を着た人が駆けつけてくるのがぼんやりと視界に映り込む。

その場に声が響き渡った。

「架純……っ！」

揺らいで見えなくなっていく視界の中に、理人が駆けつけてくる姿があった。

「……っ」

理人に会いたい一心で最後に力を振り絞って身体を動かそうとしたが、その瞬間から血の気が引いて意識があっというまに持っていかれそうになる。無我夢中で彼の腕にしがみつく。しっかりと抱き留められた感触だけわかった。

「大丈夫だ。君のことは俺が必ず助ける……だから、信じて待っていてくれ」

昨晩、迎えに行くと理人が言ってくれたこと、それから、許嫁として出会った日からこれまで診てもらっていたことが思い浮かんだ。

医師は神様ではない。医者の腕に絶対はない、と理人が語っていた。それでも絶対助けるという気持ちだけはいつも傍に持ち合わせているのだと。

万能の神様がもしもいなかったとしても、それでも架純の傍には理人がいてくれた。ずっと彼に救われてきた。支えられてきた。ずっと彼のことが好きだった。

あんなふうに冷たく理人を突き放したことを後悔している。

（理人さん……ごめんなさい）

仮の婚約者になってほしいと言われたときにちゃんと伝えればよかった。自分の中にある本当の気持ちを彼に知ってもらえばよかった。

（私は……あなたが、好き）

泡沫のまま消えていいなんて思うべきではなかった。

せめて、ちゃんと彼の目を見て、愛していると、心から伝えてから消えたかった。

「緊急オペの準備！　急いで」

「はいっ」

痛みに我慢できず、意識が遠ざかっていく。ストレッチャーに乗せられたのか、医師と看護師のやりとりが頭上でぼんやりと聴こえる。急いで運ばれているのだけがわかった。

（理人さん……）

私はあなたがいたから生きてこられた。

あなたのためなら泡になって消えてもいいと思った。

でも今は、あなたの傍でまた息がしたいと思っている。

あなたの顔を見て、あなたの声を聴いて、あなたに触れて、伝えたい言葉があった。

私はあなたのことが大好きで、あなたのことを愛しています。

……あなたのことを、愛していました――。

＊　＊　＊

『私たち、〝仮初の婚約関係〟を解消しましょう』

兄たちの結納が無事に済んで自宅に帰ってから、理人は会食が終わって家に帰ったあとの架純のひと言を思い浮かべていた。

帰りのタクシーの中で理人は架純に何も声をかけられなかった。俯いたままジッと心を閉ざす彼女にはやく声をかけたかったのだが、無理矢理にそうしてはだめだと思ったのだ。

架純の中に何かが起きた。彼女なりの考えがあるのなら待とうとした。

しかし。

自宅に戻って理人が架純に理由を尋ねると、

『ごめんなさい……もう、充分だと思います。私、実家に帰らせていただきます』

架純はそう言い、逃げるように寝室へと籠城してしまった。

行動しようと思えば、強引にでもその寝室へと押し入って彼女に迫り、振り向かせて唇を奪うことだってできた。彼女に思い知らせることだって可能だったはずだ。

それでも理人は躊躇ってしまった。架純をこれ以上自分の都合で振り回して追い詰めてしまうべきではないと思ったのだ。

仮の婚約者を強いたのはこちらだ。仮初の関係を強調し、戸惑う彼女を引き込んだ。段階を経て心を開かせ、いずれは本当の婚約者にしたいと勝手に考えていた。そうしたらきっと架純は受け入れてくれると傲慢にも考えていた。

そんなときに告げられた〝仮初の婚約〟を解消する、その言葉の意味と重みを理人は考えた。

結局これまでの行動はすべて理人の独り相撲でしかなかったということだ。人の身体以上に人の心がもっと複雑にできていることを念頭に入れておかなければならなかった。

起きてしまったものは取り返しがつかない。では、どうしたらふたりの関係を修復できるのだろうか。架純を傷つけずに彼女に寄り添うにはどうすべきか。それからも理人は延々と思い悩んだ。

架純が寝室にこもってしまったあと、理人は逡巡の末に寝室のドアをノックした。

「明日の早朝、俺は出ないといけない。君はここにいてもいいし、一度、帰りたいのなら実家に戻っても構わない。でも、こんな形ではまだ終わりたくない。俺はいつでも君のことを待っているし、折に触れて迎えに行くから」

告げると、架純が微かに声を漏らした気配がした。きっと泣いているような気がして、ドアを無理矢理開けて彼女を抱きしめたくなった。

けれど今踏み込んだところで彼女は拒むだけで、ますます傷つけてしまうだけだろう。今告げた言葉通りに待つしかないと思った。

彼女の胸の裡にどんな理由があるにしろ彼女を泣かせたのは理人なのだ。その罪を改めて受け入れて猛省し、今後の対応を慎重に考えなくてはならない。

それから理人はソファに倒れ込んで天井を仰ぐ。職務以外のことでこんなに虚しい疲労感を抱いたのは初めてだった。

目を瞑って身を委ねたままどのくらい経過したのか、いつの間にか暗くなっていくのを感じてカーテンを閉めた。そのまま理人はソファで一晩を明かした。

朝を迎えたあと、理人は気怠さを払うようにシャワーを浴びて濃いめのコーヒーを入れた。

出勤の準備を済ませたあと、架純に声をかけるか迷った末にそのまま無言でそっと部屋を出た。

病院に到着したあとは医師の顔にならなければならない。ブリーフィングで他の医師や看護師からの申し送りを見聞きし、午前は外来の診察、昼前とあとに巡回、そして午後にはオペが二件入っているのを確認する。人の生命を握る医師の現場で、他のことを考えている余裕はない。

理人は思考を一旦クールダウンさせた。自分を客観視し、医師としての目でやるべきことを頭に入れ込む。それはいつものルーティンだった。

それから――昼のあとの巡回で心臓外科の病棟に足を向けたときだった。

病棟内に異変が起きた。誰かの叫び声が聞こえた。とある病室から若い男が看護師を呼んでいた。

急かすように看護師を呼んでいた彼の前には、容態の急変した患者がいるようだ。すぐ傍にいた理人は何より優先すべくその場に駆けつける。

声をあげている彼の前に、廊下に倒れている女性の姿があった。

その顔を見て、理人は血の気が引いた。

「架純……っ！」

理人は思わず彼女の名前を叫んだ。駆けつけると、苦しそうに喘いでいる彼女の表情は虚ろげで今にも瀕死状態だった。

理人の手が震える。恐れていた発作が起きたのだと、瞬時に悟った。

万が一にも命の灯が消えていってしまうかもしれない怖さを打ち払うように理人は架純を励ます。

「大丈夫だ。君のことは俺が必ず助ける……」

それから理人は痙攣するように震える架純を抱き寄せ、看護師に声をかけた。

「緊急オペの準備！　急いで」

「はいっ」

手術室に入る。すぐにオペ着に着替えてオペ前の処置を済ませる。一分一秒も無駄にはできない。

緊急オペに入ることは当然ながらこれまでに何度も経験している。エコーで状態を再確認、開胸したあと冷静に病態を確認した。

「左弁膜に異常を検知。逆流弁膜による手術痕による狭窄箇所あり。至急、関係箇所の血管をカテーテルで広げる手術を行う」

人の命を預かっている以上、決して慣れるものではないが、それでもやることは経験からわかっている。

しかし患者が架純だと思うと、どうしても雲の上を歩くような覚束なさを感じた。大事な彼女を絶対に死なせるわけにはいかない、その強い思いと覚悟の分だけ手が震えるのだ。

「高辻、代わるか？　このままで本当にいけるのか」

フォローに入った医師に喝を入れられ、ハッとする。手の震えはそれから治まった。メスを握れなくなっては困る。それこそ彼女の命に関わるのだ。しっかりしろ、目を覚ませ。神経を研ぎ澄ませろ。これまでどうやって医師をしていた。

すっとすぐに理人は切り替える。

「大丈夫だ」

「いいんだな。信じるぞ」

「ああ、問題ない。必ず彼女を助ける。そのつもりでいつもどおりに全力で臨む」

「よし」

君を迎えに行くからと伝えた。

必ず君を助けると約束した。

どうか信じて待っていてほしい。

その決意と意思は強く胸に灯したままで、ただ医師として患者を助けるべく、自分の腕と魂を捧げる。

「準備」

「はいっ」

『理人さんがいてくれたから、私は……今ここにいるんだと思います。でも、これからは安堵じゃなくて感謝をしたいなって。大事な人にお祝いしてもらうことに喜びたいなって』

オペの施術の途中、目に見えているのは拳サイズほどの臓器と脈動と血液だが、その間に、何度も、架純のやわらかな笑顔が脳裏をよぎった。

君にはもう残りの時間を考えるように、諦めることを覚えてほしくない。希望を描く日々を抱いてほしい。

君の願いを叶えたい。君がしたいと思うことを見守りたい。

(俺は……君のことが、好きなんだ)

君の誕生日は来年も再来年もその先もずっと祝いたい。俺の妻になって俺が君の夫になって、夫婦になって祝いたい。

君を失えない。だから俺は、心臓外科の道を選んだ。回り道をしても君を幸せにしたくて。

君を必ず助ける。医師に必ずや絶対はないということはわかっている。だが、それでも手を尽くしてみせる。

――君を愛している。

どうか、生きてくれ。

そして、すぐ傍で、俺に君への愛を伝えさせてほしい。

必ず助けてみせる

混濁していた意識がぼんやりとだが覚醒していく。消毒液の匂いと規則正しく刻む心音。

やがて靄がかった視界の中に見えたものは——。

「久遠さん、お目覚めになりましたか。少し寒いかもしれませんが、移動しますからね」

すぐに返事をする声は出なかった。どこへ移動するのだろう。身体が冷たいまま、私は生きているのだろうか。それとも死んでしまっているのだろうか。

肌に触れる重みや、胸の中に詰まっているような引き攣れる痛みがそこにはあった。

白と水色の服を着た人が往来している。

台に乗せられた自分の身体が動いている。どうやら手術室から出たあと、病室へと移動しているらしい。

「……先生」

唇からこぼれていく声を傍で拾う人がいる。手を握っていた人がいる。

「架純……」

泣きそうな顔をしている、愛しい人。

……理人さんの手が震えている。

「緊急的に処置はした。だが、次の発作が起きる前に手術をしなければならない」

そしたら次こそもう命はないのだろう。そして次までその時間は考えている以上に短いのだろう。大きな発作を起こした心臓が弱っているのを架純は自分自身で感じていた。

架純が目を覚ましてほっとした顔をしたと思った理人が今度は悔しそうに表情を歪める。その表情に察するものがあった。

個室の病室の中、看護師がそっと出ていく。それから理人は架純のすぐ隣に座り、手を握ってきた。

「俺に……その手術を、君の執刀医を担当させてくれないか」

理人はそう告げたあと、架純の心臓に起きている現在の詳しい症状をようやく教えてくれた。

そして、緊急オペのあとで、次のオペで執刀するのは別の医師がいいのではないかと議論される中、現時点では成功したことがあるのは理人だけだという成功率の方を信用することになったらしい。

本来は身内の手術を担当することを避けるのが通例だ。理人が取り乱しかけたことで、ふたりの関係を言及されたらしい。

「私は、先生の家族じゃないし、恋人でもないし、妻でもない……のに」

理人が悲しそうな顔をするのでその先の言葉は噤んだ。

「この手術が成功すれば、君はもっとずっと長く生きられるようになる」

理人が彼の魂と命をもって架純にその熱を伝えてくる。

架純は無意識に頷く。理人のことは誰よりも信じられた。

そうして握った手を、理人は自分の頬にもっていく。

「架純、俺は君を愛しているんだ」

「……っ」

幻聴ではない。はっきりと耳に触れて、目の前にいる理人が告げてくれている。

架純は彼の想いに応えたくて勢いに任せて声を出した。

「私、もっ」

衝動的に、だが、いつでも許されるなら伝えたかった言葉が飛び出そうとしていた。

その、愛している、と発した言葉が掠れる。

でも、ちゃんと理人には届いたようだった。彼が目を細め、顔をくしゃくしゃにする。初めて見る、感情をありのままに出した彼の表情だった。

「回り道をしてごめん……」

理人がそう言い、握っていた手にまた力を込めた。

何度も、何度も、架純の命を繋ぎ留めるように。ずっと傍にいてほしいと希うように。

「理人さんは麗奈さんのことは……もういいんですか？」

「なぜ、彼女のことが……」

「聞いたんです。美玖さんから……最初は麗奈さんの婚約相手は理人さんだったんだって」

「たしかにそれは事実だ。そうか、それで君はひょっとして誤解を？」

戸惑う架純に、理人が懺悔の色を表情に浮かべた。

「俺に彼女への気持ちはないよ。君のことしか見ていない」

「本当に？」

「ああ、手術が済んで落ち着いたら結婚式をしよう。いずれ、子どもだってもうけることができるようになるだろう」

夢物語を聞かせてもらっているようだった。けれど、夢ではないと彼は力強く頷く。

「これから先、一緒に年を重ねていきたいんだ。仮初の関係なんかじゃなく、本当の夫婦として……君とずっと」

理人の手が震えていた。その手を架純の方からそっと握る。

すると彼はぎゅっと握り返してくれてから、ゆっくり顔を近づけてきた。

理人の長い睫毛もまた微かに震えている。頬に影が落ちるその一瞬の美しさを、彼の目尻からこぼれ落ちた光を、架純はきっと一生忘れないと思う。

残りの寿命が少ないかもしれない自分が、彼の人生を縛ってしまうのはよくないのではないかと考えていた。

たとえ助かっても制限があるかもしれない。きっと他の人と一緒の方が幸せになれる。探せばきっと彼に相応しい人はどこかにいるはずなのだ。

けれど――。

他の人には譲れない、そんな強くて激しい気持ちがここにある。

架純の視界が光の泡のようにぼやけていく。それでもはっきりと明確に見えるものが浮かび上がっていく。

最後に我儘が赦されるのなら。

人魚姫になってしまいたくなんてない。

ちゃんと生きて自分の声で自分の言葉で大好きな人に想いを伝えたい。

「理人さん、私、ずっとずっと、あなたのことが好きだったの」

ずっと、言いたかった。言えなかった。言うつもりがなかったはずだった。

けれど、もう……言わずにはいられない。この命が尽きる前に、あなたに伝えさせてほしい。

「……架純」

涙に濡れた彼の顔を近くに感じて、それから彼の頬に手を添えた。

「理人さん、私はあなたを、愛してる……」

今度はちゃんとハッキリと言葉にして伝えられた。

そうして彼の唇のあたたかさを感じてこそ、やっと自分は今、息を吹き返したような気がした。

＊＊＊

架純の病室から出たあと、急に押し寄せてきた脱力感で理人が壁に背を預けてひと息ついていると、十和田院長が姿を見せた。

理人は身を正してから頭を下げた。

「ふたりの縁はなくてはならないものだったんだなと思わざるを得ないよ。私が君たちを引き裂いてしまわないでよかった」

院長はしみじみと感じ入ったような顔をしている。

「院長……」

「まあ、たられぱの話だがね」

あの高辻家のパーティーに架純を同伴者として連れていった日、院長は遅れて到着したらしかった。

会って話をしたかった、と後日ごねられたが、パーティー内の理人と架純を見ていたらしい人物から噂を聞きつけ、ふたりの関係を察したようだ。

そして今回の騒動と緊急手術の件についても気にかけてくれたのだろう。

「院長、彼女の手術の件ですが……」

「まぁ、待ちなさい。しばしば議論を重ねることは必要だろう」

先を急ごうとする理人に、院長は小さくため息をついた。それから考えをまとめるように目を瞑ってから理人を見やる。

「同じ症例の患者が何人かうちの病院にいるね」

「はい」

「先日、検証に検証を重ねてきた、議題にあがった手術方法について。試してみる価値は大いにあると私は考えている。成功例ができれば、それだけ諦めなくてもいい命が増えるわけだ。しかし彼女を実験台に、とは考えていない。一方で時間は無限ではない……よく考えよう」

「はい。もしも決断を迫られた場合は……そのときは、俺に執刀させてもらえませんか」

　理人の申し出に十和田院長はしばし黙り込んでから頷いた。

「君がこの先、何があってもメスを握れなくなるようなことがないと誓えるのなら。私は君のように医療への正しい情熱に生きる優秀な医師を失いたくないからね」

　十和田院長はそう言い、激励するように理人の肩を叩くと踵を返した。

　理人は力の入りきらなくなりそうだった手を握ったり開いたりする。

　医療への正しい情熱とは何か。それはただ単純に患者を救いたいという精神でしかない。

　たとえ技術を習得しても現場では精神力がものをいう。まだ自分は志半ばなのだと思い知らされるばかりだ。

焦燥に駆られる自分と共に冷静になるべきだと諭す自分がいる。架純の容態は安定している。ひとまずは休憩をとって一旦、頭を冷やすべきだろう。

「先生！　高辻先生！」

理人の前に転がるようにやってきた青年がいた。その人物とは、廊下に架純が倒れていたときに看護師を呼んでいた彼だった。

「君は……陽樹くん」

彼の担当の主治医は別の医師だが、心臓外科には症例に合わせたチームがいくつかあり、理人も彼のことはよく知っている。架純が倒れた日、チャット友達が見舞いに来るのだと彼が看護師に話していたと聞いて、きっと彼が架純が言っていた友達なのだと推測はついた。

「スミレは……大丈夫なんですか。助かったんですよね？」

スミレというのはおそらくチャットネームだろう。架純が彼のことをハルと呼んでいたことを思い出す。

ふたりは何か波長が合ったのか、意外なところに接点があったものだな、と理人は改めて思う。

「ああ、命に別状はない。今は個室に移動してゆっくり休んでいるよ。見舞いは落ち着いた頃に顔を見せてあげてほしい」

理人が説明すると、陽樹は体全体で息をするように脱力した。

「よかった……ありがとうございました」

泣きそうになるくらい彼にとって架純は大事な友人なのだろう。それが伝わってくる。

「君も身体を大事にして」

「……はい」

陽樹は返事をした傍から俯いてしまった。

「どうした？」

問いかけると、陽樹は何か気持ちを打ち払うように顔を上げ、理人をまっすぐに見た。

「スミレも……俺も、生きられますか？」

理人は思わず息を呑んだ。

陽樹のその眼差しが、どこか諦めた目をしていた架純と重なって見えたからだ。

陽樹もまた同じように人とは違う、寿命が常に一分一秒先にあるかもしれない現実を受け止めてきたことだろう。彼もまた架純と似た症例の心臓の病を抱えている。

つまり、架純を救うことは彼を救うことにもなりえる。ひとつまたひとつ救える命が増える。院長の言っていたことが脳裏をよぎった。

理人は手にぎゅっと力を込める。入りきらなくなった力をまた再び取り戻すように。

人の命には限りがある。人それぞれの寿命は異なるものだ。それは天命なのだと唱える者もいるかもしれない。

だが、未来ある若者を志半ばで見捨てる天命など、医者としては断じて認めるわけにはいかない。

人は、可能性がある限り、諦めなければ何度でも道を拓き、再生することができる生物だ。その力を内に秘めている。その助けとなるために存在するのが医師だ。医師は神様ではない。人間だからこそ、共に必死にあがいて生きようと願うのだ。

「ああ。君のことも助けてみせる。だから、生きることを諦めないでほしい。そして、これから先も彼女の友人でいてやってほしい」

理人の励ましが伝わったのか、陽樹に少しほっとした色が浮かんだ。

「俺も彼女とは友人でいたい。もちろんです。ただ……」

言いづらそうにしている陽樹に理人は首を傾げた。

「ん？」

「先生が……嫉妬しないのであれば、ですけれど。俺が邪魔になったら申し訳ないですし」

いきなり別のベクトルの話題を振られ、理人は面食らう。

窺うような陽樹の様子と彼の言葉の意味を咀嚼し、理人はしばしどう回答していいものやら言葉に詰まってしまった。

すると、当惑している理人がおかしかったのか、陽樹は軽やかに笑った。

「わかってましたよ。あんなに必死な先生を見たのは初めてだって看護師さんたちが騒いでたから。それに、その前からチャットでスミレのコイバナを聞いて、相談に乗ってたんです。何となく、スミレから相談されていた相手は高辻先生のことなんだって思いました」

「……取り乱してすまない」

すべて知った上で陽樹は尋ねてきたのだ。しかし理人としては頭が痛かった。まさか理人が彼に嫉妬をしていたこと、その詳細を明かしてはいないだろうとは思うのだが、だいぶ心を許した相手のようなので些《いささ》か自信がない。

「安心してくださいよ。具体的なあれこれは聞いてませんから」

「なら、いいんだが……」

理人は思わずといったふうに肩を竦めた。

「その代わり、よく彼女が言っていたことがあります。先生は神様じゃない。人間だからこそ必死に命を救おうとするんだって」

「……ああ」

「愛する人のために必死になるのも、誰かを救おうと奮闘するのも。その精神は人間だからこそ……持ちえるものだって思います」

「そのとおりだ」

「俺はずっと自分が人間として生まれてきたのはどうしてなんだろうと思いました。ココに疾患を抱えて……例えるなら、時限装置付きの爆弾をはめ込まれたロボットみたいだって思ったこともありました」

「陽樹くん」

嗜《たしな》めるために声をかけた。

しかし心配することはなかったらしい。彼はふっきれたような溌剌とした笑顔を向けてきた。

「その考えを変えてくれたのは、学生だった頃、入院中に親や友達が持ってきてくれる花でした。それから俺、花が好きなんです。花には開花時期があっていつかは咲き終わっていく。それで終わる種類もあるけれど、また来年出会える花もある。俺はずっとどっちの花になれるかなって思いながら……卒業したあとは花屋のバイトをしていました」

「……そっか」

「そんなときにスミレと知り合ったんですよ。彼女も何となく俺とどこか似ているような気がしました。諦めながらもどこか希望を捨てきれない気持ちがあるような。そしてスミレと先生のことを見ていて思いました。やっぱりまだ生きていたい。だから俺も……怖くて引き伸ばしにしていたけど、覚悟を決めます」

理人は陽樹に微笑んで、彼の肩にそっと手をやった。震えて強がる彼に力を分け与えるように、彼の勇気をたたえるように。

「ひとつ、先生にお願いがあるんですけれど、いいですか？」

「俺に、できることがあれば」

理人が言うと、陽樹はたちまち目を輝かせた。

「じゃあ、先生とスミレが結婚式を挙げるとき、俺にブーケを作らせてもらえませんか？」

理人は目を丸くした。陽樹は色々と飛び道具を持っているというか、彼の発言には度々驚かされる。そして理人はうっかり架純のドレス姿を思い浮かべてしまい、頬から耳のあたりに熱を感じた。

「唐突だな。まだ、俺たちは……」

「でも、いずれはするでしょう。スミレはちゃんと長生きしますよ。先生がついているんだから」

「もちろんだ」

「俺の希望にもなってほしい。それを生きる力にさせてほしい。勝手だけど」

「いや。きっと彼女も喜んで返事をすると思う。君の方からも伝えてやってほしい。俺はぜひそうしてほしいと思ってる」

「やった。ありがとうございます」

陽樹は嬉しそうに声を弾ませた。彼が年齢よりも少し幼い雰囲気があるのは、きっと自分自身の迷いが時間を止めていたせいもあるのかもしれない。

しかし彼は踏み出した。次に会える花の季節を夢見たくて。生きる目標を見つけた。そのきっかけを与えた存在が架純であることが理人にとっても誇らしい。

そして理人は医師としてできることを何とかやってみせようと、逆に彼らに力をもらったことにも気付かされる。

脱力した指先に再び血が通い、神経がめぐらされていくのを理人は感じていた。

自分は医師だ。神様ではない。血の通った人間だからこそ、同じように血の通う人間を助けたいと願う者。そして、愛する者を全力で救いたいと情熱を灯す者だ。

「はやく戻りなさい。ここは少し冷える場所だ。それに、看護師が慌てて君を探しまわらなければならなくなる」

「そうします。怒られて出禁にされたらスミレに言いにいけなくなっちゃうんで」

それじゃあ、と陽樹は笑顔を残して病室の方へと戻っていった。

「……俺の方こそ、スミレを助けてくれてありがとう。君は、命の恩人だ」

理人は陽樹の背中に言葉をかけて、ぐっと掌を握りしめた。彼の命もまた救わねばならない、そんな強い意思を胸に灯していた。

一生に一度の、特別なプロポーズ

夏真っ盛りの七月下旬。

病院の外の庭には黄色のひまわりが青々とした空を仰いでいた。

あれからひと月ほど経過し、さらにひと月後に行われる予定の、手術前の入院が決まった日——。

架純は自分の個室から少し離れた六人部屋の病室にいるハルの元へ顔を出し、改めてこの間のお礼を伝えた。

「せっかくの花束……渡しそびれてごめんね」

架純が倒れたのは、ハルに花束を渡そうとしていたときだった。朧《おぼろ》げではあるものの目の前で花びらが散ってしまったことを悲しく思っていた。

「そんなの気にしないでいいよ。スミレが無事で……大変だっただろうけど、助かって本当によかった」

「うん」

涙を滲ませたハルを見て、架純は大丈夫だよと彼を励ました。

「あのさ」

「あのね」

互いにひと言目を発して顔を見合わせる。

「スミレの方からどうぞ」

「ハルの方からどうぞ」

ふたりしてまた笑った。あのレストランのときみたいだった。

「じゃあ俺から言うよ。俺の名前は、桜井《さくらい》陽樹……通称ハル。まあ今さらだけど」

「もしかしてそれで桜のアイコン？」

「うん。ハルは季節の春の方じゃなくて太陽の陽に樹……」

「そっか。本当に本名に近い、いい感じのネームだったんだね」

「うん。まあ、花が好きだから、自分の本名もネームの方も気にいってるよ」

素直にそう言えるハルは、やっぱり心根のまっすぐな人なんだな、と架純は思う。

「私は久遠架純。カスミソウをスミレに混ぜてくれたとき、あんまりにもぴったりだからびっくりしちゃった」

「すごく綺麗な名前。やっぱりお嬢様っていう感じがする。カスミでもスミレでもどっちも合ってる」

「けど」

「けど」

また被ったと笑いながらふたりして同じことを思ったらしい。

「ハルとスミレがいいね」

「やっぱり、そうよね」

「それで……俺も、スミレと同じ心臓疾患があって手術すれば助かるかもしれない。けれど、確率が五分五分だって。それでどうなるかわからなくて迷ったまま今日まで生きてきたんだ」

「うん……」

その怖さは、架純にも理解できた。生きるか死ぬか、やってみなければわからない。それに賭けられる勇気をすぐに出せる人なんていないと思う。

しかし予期せぬ発作が起きれば迷う術はない。発作はその決断をいやでも早めるものなのだ。

「スミレが倒れたとき、自分もそうなるんじゃないかと思った。いなくなったらどうしようって。そのとき……自分の命はもうどうなってもいいから友達の命を助けてほしいって願っていた」

「ハル……」

「そしたら何かふっきれたっていうかさ。スミレが無事で助かったって、高辻先生から聞いたときに脱力したよ。何だ、もっとはやく決断しておけばよかったって」

ハルの手が少し震えている。でも、架純は黙ったまま彼の話に聞き入った。

「スミレは絶対に長生きするよ。あの高辻先生がついてるんだから」

「うん」

「それで、俺も手術を受ける。友達を悲しませないように絶対に長生きする」

「……うん」

「だから、俺にブーケを作らせてほしいんだ」

「ブーケ？」

要領を得ないハルの言葉に、架純はきょとんとする。

「高辻先生とスミレはいつか結婚するでしょ？」

「えっ！」

「何で驚いてるの。自分のことなのに」

「そ、それは……その」

あれはプロポーズだったと思っている。多分、いいえ。きっとそうなのだろうけれど。秘密主義の理人が誰彼構わずに自分のことを言い触らすわけがないし、当たり前かのようにハルに言われて動揺してしまう。

顔全体に熱を感じつつあわあわと慌てふためいていたら、ハルがジト目でこちらを見ていた。

「スミレの惚気と昔話の振り返りはそっちにおいておいて」

「ご、ごめん。それで？」

架純は肩を竦めると、居住まいを正してハルの話の続きを待った。ヤレヤレと言いつつハルは笑みを零す。

「きっとスミレに出会ったのは運命だったんだと思うんだ。もちろん高辻先生とスミレのような関係ではないけど。チャットからはじまった繋がりだけど……気が合うしわかり合える大事な友達だと思ってる」

「私も。ハルのこと大事な友達だと思ってるよ」

「……ありがとう。だからさ、俺に生きる目標が欲しい。そしたらきっとがんばれる。そんな気がして」

ハルが少し照れくさそうに頬を指でかいて俯いた。それから慌てたように彼は顔を上げて身振り手振りで言い訳をしはじめる。

「あっもちろん、スミレにだって理想のウエディングとか、女の子だし色々考えることあるよね？　迷惑だったら断ってくれたっていいんだけどさ」

そんなハルの必死な様子がなんだか可愛くて、架純は笑ってしまった。

架純にとってハルは大事な友達であり、初めてできた弟のような存在に感じていた。実際、話をするうちに三つほど年下だとわかったからというのもあるけれど。

「いいえ。断るわけがないわ。私はハルが申し出てくれなくたってきっとあなたにブーケを作ってもらいたいって思ったわ」

「高辻先生に嫉妬されるかもしれないけどいい？　なんて」

ハルが悪戯っぽい顔を覗かせていた。

「えっ」

まるで見てきたかのように言うのでドキッとした。慌てる架純を見てハルが屈託なく笑う。

「ははっ。ほんと夫婦はよく似るとかカップルって似た者同士になりがちってよくいうよね」

「からかうのはやめてよ、ハル」

顔に熱を感じながら、架純はハルを軽く睨んだ。

「ごめん。実をいうと、スミレの緊急手術が終わったとき、高辻先生のところにすっとんでいったんだ。スミレの無事が知りたくて……そのときに先生にもまあ一応許可はもらったから大丈夫だと思うんだけど」

「そう、だったんだ」

「けっこう嫉妬するタイプっぽいなぁと思ったりなんかもして」

再びハルに煽られて、架純の顔はもうとっくに紅色になっている自覚があった。桜の花どころか薔薇の花も驚くくらいの濃さかもしれない。

「も、もうその話はいいよ」

「そのときさ、高辻先生に言われたよ。必ず君のことも助けてみせるって。だから、生きることを諦めないでほしい。これから先も彼女の友人でいてやってほしいって」

架純はその話を聞いて、理人のことがすぐに思い浮かんだ。彼らしいと目を細める。

「私も先生と同じ気持ちだよ。私もハルも、絶対に助かる。だから生きることを諦めないで、これから先も友達でいられるように……がんばろう」

「うん」

同志として固い握手を交わし合ったそのとき。

看護師の声が聞えてきた。

「あっここにいたわ。あなたたちっていつからそんなに仲良しになったの。先生にやきもち妬かれない？」

看護師にまで言われて、架純は顔を赤らめた。今ではすっかり公認になってしまった。それに前は何となくいやな感じの雰囲気もあったけれど、理人の姿を見た看護師の噂によると、認めざるをえない様子だったらしい。

ハルが笑っている。

「だって。はやく戻った方がよさそう」

これ以上からかわれてしまわないように、架純は椅子から立ち上がってそそくさとベッドから離れる。

「じゃあ、また」

「じゃあ、また！」

同じ言葉と笑顔を交わし合って、それから看護師に付き添われて自分の病室へと戻っていったのだった。

架純が個室へと戻る頃に、理人も廊下の先からやって来ていた。看護師がドアを開き、架純が中に入っていくのと同時に理人が入ってくる。

今日は、次の手術の説明がある日だった。ふたりが合流して看護師が席を外したあと、理人はテーブルの前に用紙を置いた。

本人の同意や身元引受人を記す書類、全身麻酔についての諸注意、手術の詳細、手術前の準備や当日の説明書など、他にもたくさんの書類があることは想定していたのだが、そのうちの一枚の用紙を見て架純は驚いた。

「あの、これって……」

架純は一度眺めたあと理人の顔を見て、もう一度、書類を確かめた。

なぜなら、どう見ても婚姻届にしか見えない――というか、婚姻届だったたからだ。

たとえば、看護師の悪戯とか。それとも看護師が間違えて入れてしまったとか。

しかし理人が目の前でわざわざ間違えるはずもない。そんな彼は真剣な顔つきのまま架純を見た。

「先日の緊急オペのときに、町田さんにも説明をしたね」

「……はい」

「すぐに駆けつけられないご両親のために、俺が君の身元引受人になろうと思うんだ」

架純は息を呑んだ。

まさかそのためだけに仮初の婚約者という関係から今度は夫婦になろうというので

はと、身を強張らせた架純だったが、すぐに理人が申し訳なさそうに眉尻を下げた。

「今まで君にはうやむやにしか気持ちを伝えられなかったことを悔いている。無論……君に伝えた言葉にひとつたりとも偽りはなかったと言える」

「この間の件は、私が勝手に誤解していたんですから」

「だが、俺が回りくどいことをしたばかりにそうなったのは事実だ。本音を言えば、君のことはずっと妹のように思っていたはずだった。昔なじみの贔屓みたいな気持ちで守りたいと思っていた部分があった。君を救いたくて心臓外科医を志した。けれど、それは……いつの間にか変わっていて、そのことに俺は気付けていなかった」

懺悔するように理人が表情を歪める。

「気付いたのは、君が転院すると言い出したときだ。俺はそのときどうしても君を離したくないと思ったんだ。手遅れになってはいけない、と」

「……理人さんも私のことが……好きだった？」

「ああ。仮初の婚約者として君を縛って、あわよくば……君を振り向かせて自分のものにしようとした。我ながらあまりにも傲慢で、浅はかな考えだったと反省している。すまない」

「……じゃあ、これまでの全部、理人さんの本音だった？」

転院したいと告げたあとに理人の様子が変わったのは、彼が架純を好きで引き留めたかったのだとしたら。架純の胸の中がじんわりと熱くなる。あれは仮初の気持ちなのではなくて本物の気持ちだったということだ。

そう考えたら、たまらなく嬉しくて言葉にならなくなった。その架純の心理が伝わったのか、理人はきまりわるそうな顔をした。

「もっと君に相応しい場所で、綺麗に着飾ってプロポーズをすべきだ……そんなふうに思う気持ちもあったが、俺の勝手を赦してほしい。何より、一分一秒でも、君といられる時間が惜しいんだ」

理人はそう言い、白衣の内側から箱を取り出した。箱はふたつ折りになったもので、中には指輪がおさめられていた。

それを架純の前へと差し出して、理人はまっすぐに見つめてくる。

「架純、今まで遠回りしてきたけど……これからは、一番近い場所で、君を見つめさせてほしい――どうか、俺と、結婚してくれないか」

理人の真摯な眼差しと、彼が用意してくれたキラキラと輝く指輪に、架純の視界が揺らいで光の泡に包まれる。

いつもそうだった。理人は架純に綺麗なものをたくさん見せてくれる。その奥にあるものはすべて理人の澄んだ真心が込められている。今も。

理人が伝えてくれたように、だいぶ遠回りしてしまったように思う。けれどもう向き合うことから逃げたくはない。彼が求めてくれるのならば応えたい。何よりも自分が、理人の傍にいたい。これから先もずっと――。

「……はい。私でよければ。私も、理人さんの一番近くにいたいです」

そう伝える声が震えてしまわないように必死に気持ちを込める。

「……ありがとう」

理人はほっとしたように言うと、手を出して、と囁いた。

おずおずと差し出した手を支えてくれながら、理人が左薬指に填《は》めてくれる。見た目よりもずっしりと重厚で、可憐な花の模様が掘られたダイヤモンドリングには、彼の愛が込められていることを実感させられる。

きっとこれは何よりの御守になる。そんなふうに架純は胸を熱く焦がした。

「……愛しているよ。いつも、どんなときも、これからも君のことを……愛してる」

理人が言い、架純の潤んだ目尻に指を添えた。架純は溢れる涙を堪えながら頷き返す。

「私も、理人さんのことを……ずっとずっと、愛していますっ」

今までもこれからもずっと。

万感の想いを込めて、架純は理人に愛を捧げる。

婚姻を約束した証を感じながら、理人が近づく気配を察した。やさしくそっと触れた唇に、架純は目を瞑る。

理人は架純が相応しい場所で、綺麗に着飾ったところでプロポーズすべきだと言ったけれど、架純はこの場こそ相応しいと思った。医師である理人のいるこの場だからこそ。

大丈夫。私には理人さんがついている。

この人になら私の命を預けられる。

＊＊＊

手術の当日は、緊急オペのときと違ってとてもおだやかな気持ちだった。

最後の一回になるかもしれないからという覚悟が備わっているというのもあるかもしれないけれど。それ以上に、理人に本心から素直に想いを伝えられたからだと思う。

今の架純を支えているのは希望だ。

理人と共に生きる未来を拓きたいという活力が魂にしっかりと宿っている。

もう、怯えたり諦めたりしたくない。人魚姫のように泡になって消えたいなんて思わない。自分のためじゃなくて彼のためにも生きたいと。

それが理人にも伝わってくれたのかもしれない。彼もまたこの間の緊急手術のときと違い、ひとまわり頼もしい医師の顔を見せてくれていた。

きっと大丈夫。

そんな希望の光が内側から煌めいていくのを感じていた。

——長い、長い、旅をするように、けれど、一瞬の時のように。

終わりは少しずつ近づいてくる。

次に目を覚ましたときには……最高に素敵な医師の彼が、架純の名前を呼んでくれた。

「よくがんばった。もう大丈夫だ」

その声に励まされ、架純は自然と微笑んでいた。

「……先生も、よくがんばりました」

先生、という言葉に、理人は即座に反応を示す。そこに甘い束縛の色を灯して。

「もう、俺は君の先生じゃなくなるんだよ。君の夫になるんだ。約束は覚えている？」

婚約を交わしたことを忘れるわけがない。あれが架純の生きる力になったのだ。

「はい。理人さん、私をあなたの……本物の妻にしてください」

そして。

ふたりはこれから本物の夫婦になる。

エピローグ　～本物の夫婦～

——一年後。

架純はリハビリを乗り越え、理人との結婚式を控えていた。

純白のドレスに身を包み、チャペルの控室の間に待機しながら、架純はあの日理人に言われたことを思い出していた。

『仮初の婚約者になってくれないか』

そんな日々を過ごし、彼に命を救われ……今日、架純は理人の妻になる。

仮初の婚約者の役ではなく、契約した期間限定の恋人ではなく、本当の……彼の妻に。

まもなく時間がくるというとき。

架純の鼓動はよりいっそう大きく高鳴っていた。

大きな手術を二回した分、傷痕はまだはっきりと残っていてドレスによってはその痕が見えてしまう。

それでも架純が一番好きだと思うドレスを着てほしいと理人が言ってくれたので、

架純は理人が好みだと言ったドレスを選んだ。

あまりにも素直な対応すぎたからか、架純を見る理人の目は甘く、ほんのり照れた彼の顔を見るのが架純も嬉しくて、初めて人生の中で手放しで幸せだと感じていた。

傷痕がちらついて見えたとしてもそれは、愛する人が救ってくれた証、そして自分が生きようとした証……夫婦の勲章だ。架純は今ではそう思っている。

それに……挙式はふたりきりだから問題ない。身内へのお披露目はまた落ち着いたらにしようと約束をした。

いよいよふたりで祭壇の前に立つと、理人が架純の持っているブーケに視線を寄せた。架純はふとハルとのひと悶着を思い出した。ハルが今日の日のために作ってくれたものだ。

「……気になりますか？」

架純が窺うように尋ねると、理人はハッとしたようにブーケから目を離した。

「彼は、君のよい友達なんだろう」

強調するように理人は言った。

「私、理人さんのやきもちは嫌いじゃないですよ。でも、嫉妬が苦しいことだっていうことも知っているし……」

あのすれ違い合ったときのことを振り返ると、今でも少し苦く感じることがある。

「ならば本音を言うよ。俺はあのとき彼だけじゃなくて彼が君のために作った花束にも嫉妬した。今も、そのブーケが神聖な幸福の証として贈られたものだとしても……羨ましい才能だと思う」

理人ほどの天才といわれる医師でもそんなふうに感じることがあるのかと架純は驚かされる。彼の性分はやはりストイックなのだろう。

でも多分それだけではなくて――。

「君を幸せにする術を知っている人間は、自分ひとりでありたいと、傲慢なことを考えていたことに気付かされたんだ。君を笑顔にするのも、俺ひとりが独占したいと思った。俺だけが君をずっと見ていたくて、今までもずっとそうしていたんだと誇示したかったのかもしれない。今も、君の心を奪うのは俺ひとりであってほしいと思ってる」

理人が懺悔するように架純の目をまっすぐに見て言った。でもそれは架純にとっては嬉しすぎるほどに重たい愛の告白だった。

そんなに理人が想っていてくれたということが架純にはもったいないとさえ思う。

黙って理人のひと言ずつに耳を澄ませていると、彼は再び架純の持っているブーケに目を止めた。

「それとは別に、彼には感謝をしてる。俺が傍にいられなかった空白の時間、君の心に寄り添ってくれた相手なんだろう。それに、実際に彼は、君の命を救ったひとりなんだ。あのとき……誰もいないところで君が倒れていたら間に合わなかったかもしれない。君が友達のところにお見舞いに行った。そして彼がすぐに呼んでくれたから助かったんだ。彼は救世主といっていい」

当時のことがよぎったのか、理人は一瞬だけ顔を硬くしたあとその表情をほっと緩ませた。架純もまた頬を綻ばせる。

「それを聞いたら、きっとハルが喜ぶわ」

「恩返しというわけではないが、医師として彼のことも必ず俺が助ける、そのつもりで挑んだ」

架純は頷く。

最後の手術の前にハルに会ったとき、ハルも架純と似た病を患っていると知った。きっとハルはあんな場面を見て怖かったことだろう。そして架純の命が救われたことで彼にも勇気が出たかもしれない。この病には絶望だけが残されているわけじゃないということを。

そしてハルは助かった。今彼はリハビリをしている。架純のあとに続いて、もっと元気になるように。

「あれから症例がどんどん明らかになって君と同じような病の患者を救える確率が高まっている。君は……いうなら女神だったわけだ」

神格化されてしまうと恐れ多いし、何だか照れてしまう。

「ものは言いようっていいませんか」

「俺にとってもそうだから」

そう言って綺麗に微笑む理人に、今度は架純の方が見惚れてしまった。

「理人さんはそれでも医師は神様じゃないって言ったもの。私も女神じゃない方がいい」

「ああ、そうだな。俺たちは血の通った人間であり、君は俺の大事な妻だ。そして俺は君のかけがえのない夫になりたい。これから先ずっと一緒にいるパートナーになっていきたいと思っているよ」

「はい。同じ気持ちでいます。私の大事な旦那様。ふつつかものですが、どうぞよろしくお願いしますね」

お喋りが静かにやんだあと、どちらともなく微笑み合う。

ふたりだけの挙式ではそれぞれが誓いの言葉を宣誓する。

『我々、夫婦は――。
健やかなる時も　病める時も
喜びの時も　悲しみの時も
富める時も　貧しい時も
互いを愛し　敬い　慰め合い　共に助け合い
その命ある限り真心を尽くすことを誓います』

その言葉は、まるで理人と架純の人生そのものを表すみたいだった。

医師を志した理人、病を患う架純。

一度は互いの婚約関係が、破談になったことがあった。

けれどまた縁を結んで……喜びや悲しみを共有し、慰めて、愛して、敬って、これから先も共に助け合って生きていきたいと切に願う。

心と心を繋いで――。

この命がある限り、真心を尽くしたいと希う。

「……っ」

泣くつもりはなかったのに、今までのことが巡り巡って思い出され、気付けば瞳に膜が張っていた。

それからふたりは互いの薬指に約束の証を填め、厳かなチャペルの中に流れていく風を感じながら、互いの命の息吹を交換し合う。

こぼれていったあたたかな涙のあとには、愛しい人の眩い笑顔がはっきりと目の前に見えた。

もう二度と愛する人を自分から手放そうなんてしない。光の泡に身を投げたりなんてしない。

「愛しているよ。これから先も、この命が続く限り……」

ちゃんと声に出して。

互いに言葉にして伝え合いたい。

「はい。私も同じ気持ちです」

私はこれからもあなたの傍で、支え合いながら立って、そうしてずっと生きていくとここに誓う。

ホテルのチャペルで挙式を終えたあとはハネムーンプランのひとつとしてそのままホテルのスイートルームに宿泊することになっていた。

ルームサービスもハネムーン仕様に飾りつけられた料理が運ばれてきて目も舌も楽しませてくれた。

食事を済ませたあとは初めて大きなお風呂に一緒に入ったりもして。新婚の時間を愉しんでいたのだけれど。

この先に何が待っているのかは架純も覚悟をしていたのだが。

仮初の関係だったときはきっと手加減してくれていたのだろう。大きな手術のあとのリハビリから今日までの間、まったく触れ合いがなかったわけではないが、彼はまるで壊れ物を扱うみたいに、或いはお姫様に従う執事かのように気遣ってくれていた。その弾みなのか、理人の気が急いているのがわかる。

薄暗いダウンライトの中、素肌で触れ合ってベッドに身をもつれさせたあとの理人は、まるで初めて見る人みたいだった。

誓いのキスとはまったく異なる、濃密なキスに翻弄され、架純の息は上がるばかり。

這いまわる理人の大きな手にすべてを暴かれ、体感したことのない愉悦に泣くような声をあげて、彼からの愛撫を享受した。

「……架純、……っ」

理人の身体が熱い。触れる胸の鼓動は彼の方が速いかもしれない。

「理人さ、……っ」

濃密な咬合は飽きることなく続けられ、やがて唇以外にも身体の隅々に彼はキスをした。

「あ……っ」

理人の指先に、やわらかな唇に、熱い吐息に、濡れた舌先に、何度翻弄されたかわからない。

「……可愛い、架純……君の全部が、欲しい」

譫言《うわごと》のように理人が言い、架純を奪っていく。

「あ、あっ……理人さんっ」

こんなに激しく想いをぶつけられたことがなかったから架純はついていくので精一杯になる。

架純は初めて感じる心地よさに何度、情緒を揺さぶられたか知れない。

呼吸が乱れて身体が震えるのを凌いでいると、戻ってきた理人が架純にゆっくりと覆いかぶさるようにして見下ろしてくる。

「っ……大丈夫か？」

こくり、と架純は頷く。

「……ええ」

別の意味で大丈夫ではないのだけれど。こんなふうに鼓動が弾んでいることを実感するのが幸せだなんて思ったことはなかった。

今まで鼓動は自分に恐怖を与えるものだったのだ。いつ尽きるかもわからない寿命の足音を伝えてくるものだった。

でも今は違う。彼に愛される喜びに満ち溢れ、幸せを感じる音に変わった。

いずれ、理人が言ってくれたように、彼と結ばれた末に宿る命があるかもしれない。

「架純……」

「大丈夫だから、理人さんの……好きにしてほしいです」

息も絶え絶えだったが、それでも理人の願いを叶えたい気持ちでいっぱいだった。

「無理はしなくていい。だが、俺は君を感じたいし、君にも俺を感じてほしい……」

「……はい。そうしたいですし、そうしてほしいです」

「……そういう、健気な君に、俺は……いつも翻弄される」

そう言い、理人が唇を啄む。何度かそうして甘いキスを堪能したあと、架純は理人を見つめながら、おずおずと口を開いた。

「理人さんへのお誕生日プレゼント、でもあるわけですし」

「……っ」

理人が覆いかぶさったまま固まってしまった。ただただ重たい。

「えっあの……」

「理性と、欲望と、愛しさと、衝動と、意地悪な気持ちと、様々なものがこみ上げて、どうすべきか……と」

理人がそう言い、架純を愛おしそうに見つめる。

「い、意地悪は……」

「君のちょっと困った顔、無邪気に喜ぶ顔、ほんのり照れた顔、はしゃいでいる顔……嬉しくて泣いた顔、俺のことが大好きだと伝えてくれる顔。全部、本当に可愛くてたまらない」

「……理人さん」

「覚悟して。俺の溺愛は……これからが本番だから」

「わ、私も、これからは負けませんから。覚悟してくださいね」

「では、お手並み拝見しますか」

「望むところです」

　ふっと理人が笑うと、つられたように架純も笑った。

　それからまた息吹を交換し、命を分け合い、温もりを感じ合う。その夫婦の営みが愛おしい。

　初めて理人を迎え入れたとき、こんなにも強く脈を打つものがあることに驚いた。まるで心臓がそこにあるみたいに。そんな彼の鼓動をもっと感じていたくなった。

「架純、愛してる。何度でも……言うよ」

「私も何度だって言います。理人さんのこと愛していますから」

　互いの生きている鼓動を感じられるように、ふたりはしっかりと抱き合う。

　そしてこれからも、命が続く限り……。

　絆をしっかりと結ぶように。


　ひと晩明けたあと、隣に寄り添い合っていた理人を見て、

『仮初の婚約者になってくれないか』

　ふと、また架純の中に蘇ってくる言葉があった。

　今さらだが、あのときはすごく動揺した。けれど、あのときの彼が内心どんな気持

ちでいたのかを振り返ると、甘酸っぱい気分になる。きっと理人だって渾身の決意で架純を引き留めてくれたのだ。

ある意味、第一回目のプロポーズだったのかもしれない。

「ふふっ」

架純の笑い声に理人が反応し、おはようと腕を回してキスを求めてくる。

「ん？　何を笑っているんだ」

「いいえ。仮初の婚約者……じゃなくて、本当の妻になれたことが幸せだなって思ったんです」

架純は溢れる幸せを胸に理人に抱きつく。

「ああ。君はこれからも、俺だけの可愛い妻だ。悪いが、一生、誰にも渡さない」

それはきっと言葉通りの他の誰かだけではなく、寿命を求めて狩りにくる死神だろうと、彼は決して渡そうとしないだろう。

架純を愛してくれる、頼もしい医師であり、そしてかけがえのない……ただひとりの大事な夫なのだ。

FIN

あとがき

こんにちは。立花実咲です。

このたびは本作をお手にとっていただき誠にありがとうございます。

心臓の病を抱えたヒロインと、彼女を助けるために奮闘する心臓外科のヒーロー。ふたりは幼い頃の許嫁として縁を結ばれた関係でしたが、数奇な運命により引き裂かれ、そしてヒロインが社会人となりヒーローが心臓外科医のエキスパートとなった数年後に再会しました。

お互いが相手のことを大事に想っていたものの、年の差や置かれている環境により恋だと自覚するのに時間がかかりすぎてしまった。

そんなふたりが再会し、とあることをきっかけに時間を動かすことになります。ふたりの恋がどんなふうに近づいて、新たな縁を結んでいくかという部分に注目していただけると嬉しいです。

〝仮初の関係〟というのはもどかしくもドキドキしますね。読者の皆さんがドキドキハラハラしながら読み進めた末に、ああ最後まで見届けてよかった!と思っていただけたらいいなと願っています。

本作では脇役ですが、素敵なキャラクターを登場させてみました。この恋物語を彩る上で、ふたりの人生との向き合い方をサポートする大事な役割を担っている人物です。ぜひそちらのキャラクターとの関わりも見守っていただけると癒やされるのではないかな、と思っております。

簡単な紹介となりましたが、あとがきを最後までご覧いただきましてありがとうございました！

毎日、世界はめまぐるしく変わっていきますが、この本が皆様の大事な時間の彩りになっていたら幸いです。どうかご自愛の上、お過ごしくださいませ。

そしてまた新しい物語でお会いできますように！

立花《たちばな》実咲《みさき》

立花実咲先生への
ファンレターのあて先

〒104-0031
東京都中央区京橋1-3-1
八重洲口大栄ビル7F
スターツ出版株式会社　書籍編集部　気付

立花実咲先生

本書へのご意見をお聞かせください

お買い上げいただき、ありがとうございます。
今後の編集の参考にさせていただきますので、
アンケートにお答えいただければ幸いです。

下記URLまたは二次元コードから
アンケートページへお入りください。
https://www.ozmall.co.jp/enquete/IndexTalkappi.aspx?id=2301

熱情を秘めた心臓外科医は
引き裂かれた許嫁を激愛で取り戻す

2024年11月10日　初版第1刷発行

著　　者　立花実咲
©Misaki Tachibana 2024
発 行 人　菊地修一
デザイン　hive & co.,ltd.
校　　正　株式会社文字工房燦光
発 行 所　スターツ出版株式会社
〒104-0031
東京都中央区京橋1-3-1　八重洲口大栄ビル7F
TEL　03-6202-0386（出版マーケティンググループ）
TEL　050-5538-5679（書店様向けご注文専用ダイヤル）
URL　https://starts-pub.jp/
印 刷 所　大日本印刷株式会社

Printed in Japan

乱丁・落丁などの不良品はお取替えいたします。
上記出版マーケティンググループまでお問い合わせください。
定価はカバーに記載されています。

ISBN 978-4-8137-1662-4　C0193

ベリーズ文庫 2024年11月発売

『財界帝王は逃げ出した政略妻を猛愛で満たし尽くす【大富豪シリーズ】』佐倉伊織《さくらいおり》・著

政略結婚を控えた梢は、ひとり訪れたモルディブでリゾート開発企業で働く神木と出会い、情熱的な一夜を過ごす。彼への思いを胸に秘めつつ婚約者との顔合わせに臨むと、そこに現れたのは神木本人で…!? 愛のない政略結婚のはずが、心惹かれた彼との予想外の新婚生活に、梢は戸惑いを隠しきれず…。

ISBN 978-4-8137-1657-0／定価770円（本体700円＋税10%）

『一途な海上自衛官は溺愛ママを内緒のベビーごと包み娶る』田崎《たさき》くるみ・著

有名な華道家元の娘である清花は、カフェで知り合った海上自衛官の昴と急接近。昴との子供を身ごもるが、彼は長期間連絡が取れず、さらには両親に勘当されてしまう。その後ひとりで産み育てていたところ、突如昴が現れて…。「ずっと君を愛してる」熱を孕んだ彼の視線に清花は再び心を溶かされていき…！

ISBN 978-4-8137-1658-7／定価781円（本体710円＋税10%）

『鉄壁の女は清く正しく働きたい！なのに、敏腕社長が仕事中も溺愛してきます』高田《たかだ》ちさき・著

ド真面目でカタブツなOL沙央莉は社内で"鉄壁の女"と呼ばれている。ひょんなことから社長・大翔の元で働くことになるも、毎日振り回されてばかり！ ついには愛に目覚めた彼の溺愛猛攻が始まって…!? 自分じゃ釣り合わないと拒否する沙央莉だが「全部俺のものにする」と大翔の独占欲に翻弄されていき…！

ISBN 978-4-8137-1659-4／定価781円（本体710円＋税10%）

『冷徹無慈悲なCEOは新妻にご執心～この度、夫婦になりました。ただし、お仕事として！～』一ノ瀬千景《いちのせちかげ》・著

会社員の咲穂は世界的なCEO・櫂が率いるプロジェクトで働くことに。憧れの仕事ができると喜びも束の間、冷徹無慈悲で超毒舌な櫂に振り回されっぱなしの日々。しかも櫂とひょんなことからビジネス婚をせざるを得なくなり…!? 建前だけの結婚のはずが「誰にも譲れない」となぜか櫂の独占欲が溢れだし!?

ISBN 978-4-8137-1660-0／定価781円（本体710円＋税10%）

『姉の身代わりでお見合いしたら、激甘CEOの執着愛に火がつきました』宇佐木《うさぎ》・著

百貨店勤務の幸は姉を守るため身代わりでお見合いに行くことに。相手として現れたのは以前海外で助けてくれた京。明らかに雲の上の存在そうな彼に怖気づき逃げるように去るも、彼は幸の会社の新しいCEOだった！ 「俺に夢中にさせる」なぜか溺愛全開で迫ってくる京に、幸は身も心も溶かされて——!?

ISBN 978-4-8137-1661-7／定価781円（本体710円＋税10%）